ファン文庫

吾輩が猫ですか!?

著　小山洋典

マイナビ出版

吾《わが》輩《はい》が猫《ねこ》ですか!?

小山洋典

プロローグ

吾輩は猫ではない。断じて猫ではないのだ。

名前もある。明智《あけち》正五郎《しょうごろう》。アラサー、社畜。だったはずだ。

今でこそ灰色の毛皮にピンと立った耳が特徴の猫の姿であるが、誰がなんと言おうと、俺は猫などという畜生ではないのである。

たしかに社畜ではあったが、それとは意味的に天と地の差があると思う。

どうか信じてほしい。信じて。

◆◇◆

かすかな残像を生じさせながら、俺の眼下で黄色の棒の先に付いたふさふさの毛玉が左右に振られる。

人間というのは浅はかだから困る。本物の猫畜生ならともあれ、社畜生活で鍛えられた忍耐力にこの程度の誘惑が通じると、本気で思っているのだろうか？

「ほーれほれほれ」

鈴を鳴らすようなきれいな声で、ふさふさの毛玉を左右に振る。まだ高校生くらいに見える少女がさらに挑発する。俺は努めてその毛玉に目をやらないように、そっぽを向く。

「どしたの、ししゃも、ほらほらほら」

知らん。俺は『ししゃも』じゃない。そんなものに興味もなにも……。

「むー、こうだ！」

プルプルと全身を痙攣《けいれん》させていた俺の顔を擽《くすぐ》るようにパタパタ。

やめろ、そんなことをしても……！

そして、あろうことに毛玉は、雑誌の下に差し入れられた。雑誌からパタパタと見え隠れする毛玉は、小動物を狩らんとする猫としての本能に激しい揺さぶりをかけた。

「……にゃ！」

はしっと、俺は毛玉を押さえ込むかのように前足を踏みつける。

「おっとー！」

しかし、毛玉は俺の前足を見事に擦り抜けた。左右に振られるふさふさにつられるように、俺は顔を左右に高速で振る。

「にゃにゃにゃ！」

「あはは、残念ー！」

なめるなよ！　俺の本気を侮るな？

「みゃっ！　みゃみゃみゃみゃー！」

「お、やる気だね！　本当にししゃもは元気になったね。もうおじいちゃんなのに、猫じゃらしが大好きなんだから。それ、ほーれほれほれ！」

俺は理性もなにもかなぐり捨てて、前足で猫パンチを繰り出し、あちらへ飛びこちらへ飛びつき、毛玉を手中に収めんと、獅子奮迅《ししふんじん》の動きを見せた。


違うのだ。

こんなの、断じて俺じゃない！

◆◇◆

話は数日前に遡《さかのぼ》る。

まれに見るブラック企業のアラサー社畜であった俺こと明智正五郎は、ある日、激務に耐え兼ねて、帰宅直後に玄関で倒れ込み、意識を失った。

正確な日時は覚えてない。ただ、今は九月中旬。茹《う》だるような暑さに汗だくで帰路についていたのは覚えているから、せいぜい暑さの残る九月のいつかだろう。

倒れた原因に心当たりはありすぎるほどあった。

倒れた日の朝、ネクタイを締めるために鏡を覗いた顔は、大学時代の彼女が「眉目がすっきりしてて、唇が薄いところが好き」と褒めてくれていた当時からは想像もできないほど、年に合わない苦労人の疲れが見えすぎていた。やや長身で、肉付きは悪くなかった体軀《たいく》は、仕事の重圧によって、筋肉がそぎ落とされた。スリムになったのは嬉《うれ》しいと言えば嬉しいが、目の下の隈《くま》が、会社から「不健康」の烙印《らくいん》を押しつけられたことを如実に物語っていた。

簡単に言うと、死相が出ていた。

とにかく山積する業務に追われ、日付すら曖昧な毎日だったのだ。終電で帰宅する。速攻でシャワーを浴び、缶ビール一缶とコンビニ弁当を即行で食べ、即行で寝る。朝は早く、夜は遅い。残業代なんて付かないし、有給休暇なんて、どこのパラダイスの言葉かとうに忘れた。転職しようにも時間がない。

生きてる意味すらわからない。ただ生きるために、生きるためだけに、働く。

そんなもんだろ？　それが人間であるということで、それが大人ってもんだ。

そうして、このまま死ぬまでこの会社に丁稚《でっち》奉公《ぼうこう》するのだと諦めかけた時、本当に死んでしまった。

と、思った。その時までは。

気がついた時、俺がいたのは小さな部屋のフカフカなクッションの上。

左手の壁際に机とその脇に爪とぎ、右側の壁にはベッドが置かれ、雑誌等はきれいに積み重ねられているという、片付けられた部屋だった。

キャラクターグッズやぬいぐるみなどはそれほど見当たらないが、明らかに女の子の部屋だとわかる。

「ししゃも、起きた？　一緒に遊ぼうか？」

クッションのほうからずずい、と上半身を乗り出してきたのは、美しい光沢をした長い黒髪の、若い女。目鼻立ちはすっと整っており、黒目がちな瞳が印象的だ。

……な、なんだ？　女の子？

起き上がって部屋を見渡すと、壁際に制服だと思われるブレザーが掛かっているし、よくよく見てみると顔つきもあどけなさが残る。やはり高校生のようだ。

なるほどなるほど。

へ？　女子高生？

なぜ見ず知らずの女子高生が？　まったく記憶にない。アラサーが女子高生の部屋にいるなんて、どう考えても犯罪のにおいしかしない。でも、俺は神に誓って無実だぞ？

混乱の極地に至ったその時、壁に立てかけてあった姿見に映った自分の姿に、俺は目をぱちくりした。

猫？

猫、だよな？　ふさふさの、灰色の毛皮をまとった。

右手をあげてみる。姿見に映った猫が、片方の前足をあげる。舌を出してみる。姿見に映った猫も、以下同文。

うん、猫だ。

……は？

顔から血の気がすーっと引いていく。

え？　俺が、猫に？　いったいどうなってるの？　もし神がいるのならば説明してほしい。

俺はそのまま剥製のように硬直し、横向きにクッションに倒れ込んだ。

「ししゃも？　ししゃも！　どうしたの⁉」

そう、薄れゆく意識の中で、女子高生が慌てたような声を出していたことを覚えている。

それからどれくらい経っただろうか。やがて、ゆっくり意識が覚醒していく。目に飛び込んできたのは、慌ててこちらに手を伸ばそうとしているさっきの女の子の姿。不自然な体勢のまま停止している。というか、この部屋自体が空気までが凍りついたように、時間の流れを否定していた。

あまりのことに目をパチパチしていると、やけに威厳がある声が俺の脳に直接響いてきた。

「聞こえるか、明智よ」

「……む？　誰だお前は？」

「神だ」

「神だと……？　お前が俺をこんな体にしたのか？」

「お前は、なにも覚えてないのか？」

「どういうことだ？」

「社畜生活も苦節五年。お前の肉体はとうとう限界を超えてしまったのだよ。そして今、お前の魂は猫のししゃもの体を借りている。ちなみにししゃもはロシアンブルーという、比較的おとなしい種類の猫だ」

「ししゃも？　猫？」

「ししゃもの飼い主にも会っただろう。あの少女の名前は立花柊《たちばなひいらぎ》という。いい名前だよな」

「いや、いい名前なのかはわからないけれども。……俺は死んだのか。そうか……」

「死んでないよ」

「死んでないのかよ。それでいきなり神とか、ビビらせるなよ。さっさと元の体に戻してくれ」

「いいのか？　お前は、本当に元の体に戻りたいのか？　お前は、元の体に戻ったとして、幸せなのか？」

「それは、猫よりはましに決まって……」

「本当に？　お前に幸せな時などあったのか？　本心から戻りたいと願うなら、戻してやらんこともない」

「戻りたい」

「嘘だな」

人間に戻っても、またあの悪夢のような毎日の繰り返し。嘘と言われてすぐに否定できない心当たりが山ほどあった俺は、押し黙るより他なかった。

「お前は、幸せだったのか？　少しでも〝良い〟と言える人生を送っていたのか？　むしろ、猫でいるほうが幸せなのではないか？」

猫でいるほうが、社畜であるより幸せ。たしかに苦痛の日々を送るよりも、魅力的だという奴もいるだろう。だが、まっとうな社会人である俺にはそんな選択をすることはとうていできなかった。

「どうなんだ？」

「俺には、やらなきゃいけない仕事がある。仕事に穴を開けるわけにはいかないだろ？　だって……みんなに迷惑がかかる。そんな子供みたいな身勝手はとうてい許されない」

「その発言こそ社畜の思考に毒されている証拠ではないか。本心から言っているのであれば、芥子《けし》の実を精製して脳味噌《のうみそ》にお花畑を作っているとしか思えん」

「いや、それはあまりにもきわどい表現だからな？　神ならもう少し控えてくれよ。でも、社会の歯車にもなれない奴に価値なんかあるかよ。普通の大人って、そういうものじゃないか」

「馬車馬のように働かされ、人間の尊厳を失った状態でも、それが普通の大人だと、そう言いたいのだな」

「そうだよ。それが大人ってものだ。そうに決まってるじゃないか」

「そうか。もう一度問う。お前は、人間に、あの社畜生活に、本心から戻りたいのか？」

「……それは、わからない……」

「なら、だめ。戻さない」

「さらっと言うな！　そりゃ、幸せな人生だとは言えないかもしれないよ？　でも、猫として生きるより、人間として生きたいと思うのが当然だろ？」

「では、幸せなキャットライフを」

「ちょっと待て、話を聞け！　俺はたとえ社畜であろうと、安定した生活ができればいいんだ。人として当たり前の考え方だろう？」

「お前には、ある〝使命〟を果たすために猫になってもらった」

「だから俺の話も聞けよ！　なんだよ〝使命〟って？　なにをやらせるつもりだ？　どうしたら元の人間に戻れるんだ？」

「〝使命〟を成し遂げられなければ、一生猫のまま」

「人の話をスルーした上に、とんでもなくヘビーなことをさらっとぶち込んできたな！」

「さらに言ってしまえば、ししゃもの中身が『明智正五郎』であることに気づかれたら、なんかいろいろやばそうなので、死ぬまで猫のまま」

「やけに適当な判断の上に、嫌すぎる設定だな！　だから、〝使命〟ってなんなんだよ！」

「それは……」

「それは……？」

「教えてやらない」

「なんでだよ！　あんだけもったいぶっておきながら、ノーヒント⁉」

「さらに、お前が憑依《ひょうい》している間はお前の生命力を吸って、老猫のしゃもも生命力がアップ。疲れきった社畜だったお前もしゃもの姿でゆっくり休めば元気百倍。お互いＷｉｎ—Ｗｉｎの関係だとは思わんか」

「知らねぇよ、そんなこと！」

「まあ、真面目な話はここまでにして」

「今までのどこが真面目だったの？　俺の感性がおかしいの？」

「これからお前にはいくつかの〝試練〟が与えられる」

「〝使命〟の他に〝試練〟まであるのか？」

「与えられる〝試練〟をクリアしないと、お前は猫になる」

「だから、聞けよ。〝試練〟って？　〝使命〟って？　どっちも同じじゃないの？」

「それでは、明智正五郎。お前が無事〝試練〟を乗り越え〝使命〟を果たせるよう、期待しているぞ」

「やっぱり聞いてなかった！　聞いてよ！　今、人間の俺ってどうなってるの？　〝使命〟ってなに？　〝試練〟の上位カテゴリ？　〝試練〟も失敗しちゃいけないの？　失敗したら猫になっちゃうの？　少しだけでもヒントないの？」

「それでは幸運を祈る」

「ちょ、ちょっ……！」

「グッドラック」

「だから話を聞けぇ！」


そうして、猫に憑依した俺こと明智正五郎と、その飼い主で現役女子高生、立花柊の、奇妙な共同生活が幕を開けた。

もっとも、俺のご主人様となる立花柊は……ししゃもになった生活を通じて、なにやらわけありなのだとわかってきたところなのだが。

それはまた、これからのお話。

第一章　柊を登校させよう！

まだ築年数の浅い小ぎれいなマンション、十四階の３ＬＤＫの一室。

立花柊の朝はたとえ平日とはいえ、お昼頃から始まる。

矛盾しているのだが、意味はこの一言だけでわかっていただけると思う。

のっそり起きだすと、部屋着に着替えて、ベッドに横になる。

そしてひたすらスマホをフリックフリック。

たまに俺にちょっかいを出してきて、もふもふとした毛皮を気持ちよさそうに撫《な》でる。

まあそれはいいのだが、いや、よくはないのだが、『猫吸い』だけはやめてほしい。猫吸いとは、猫の頭頂部やお腹あたりに顔を押し付け、スーハーと猫成分を取り込むことだ。まだ子供とはいえ、やはり異性にそんなことをされるのは、心中穏やかではない。

柊の両親は共働きだ。寛容な親のようで、学校に行かない柊が叱責されているところは一度も見たことがない。先日、柊が寝たあと、俺がリビングに立ち寄った時、交わされていた両親の会話からわかったことは次のとおりである。

どうやら柊は、今年の七月頃から夏休みを挟んで、九月を過ぎようという今まで不登校らしい。一学期の期末テストは受けたようだが、欠席日数から、このままでは留年の危機もあり得るという。しかし、本人が行きたくないと言っているのに無理に行かせることはないので、柊の自主性に期待したいということだった。
そんな、よく言えば理解のある、悪く言えば放置主義な親の手によって、無精な娘のための食事はいつもきちんと用意されている。柊がダイニングキッチンでそれを温め、スマホをいじりながら食べるのに合わせ、俺もご相伴《しょうばん》にあずかる。カリカリのような餌だけなら毎日はきついが、猫缶と一緒に混ぜてくれるので、慣れれば結構イケるものだ。カリカリと猫缶との組み合わせは侮れないことを気づきとして得た。

不登校かつ引きこもりである柊は、毎日外にも出ず、こうして一日をだらだらと過ごす。

そのことを非難したり、悪いことだとは、今の俺は思っていない。

学生の本分は勉強。社畜の本分は低賃金超過勤務と決まっているから、毎日こうやってだらだらする生活に、俺自身憧れていなかったわけではなかったのだ。

社会の歯車になっているという諦めを抱いていた社畜時代。若者の時考えていた夢のある人生は幻想にすぎないと悟った。ブラック企業の常識に慣れきって、過酷なルーティンワークをこなす毎日に心は乾いたまま。

そういう人生が、俺の当たり前だった。

だが、そういった生活をすべて手放し、だらだらと毎日過ごすことが楽な生活だと思っている諸君は、実際に一日中なにもすることもなく、ただ部屋に閉じこもっている生活を、三日でいいから続けてみてほしい。

これは本当に飽きる。なにもしないというのは、本当に地獄並みの苦行だと言っていい。

ましてや社畜だった俺としては、働いていないというのは心からしんどくて、ししゃもに人格転移した数日間は、泣いて過ごしたものだ。だから、毎日飽きもせず引きこもる柊の根性は認めるべきだろう。

結局、そういうことなのだ。人間とは社会の一員として暮らすことができなければ、不幸になる、社会的動物なのだ。まして俺は、年相応に良識のある大人だし、まさにそこに誇りを持っている。社会に必要とされ、日々をつつがなく過ごす。

人としていちばん大切なことだ。そう考えるのが、大人の考えってものだろう？

◆◇◆

さて、この引きこもりの柊なのだが、よくよく観察してみた結果、毎日ある一定の時間になると、そわそわしはじめるのがわかった。まあ、実際にはたいして注意深く観察するまでもなく、柊のそわそわの原因は放課後の時間帯になると訪れる客のせいだった。

そして今日も、インターフォンの音ががらんとした３ＬＤＫに響くと、びくんと、柊は背筋を伸ばす。柊はリビングに移動し、俺もその後につき従う。

リビングの椅子に飛び乗り、柊と一緒に覗いたインターフォン画面には、セミロングでやや明るめな色をした髪を肩に流した、クリクリした目の、愛らしい女の子。背は、女子高生としてはたぶん標準的で、きっちりとプレスされた制服を、一分の隙もなく着こなす一方で柔らかい雰囲気の優等生といった装いをしていた。通話ボタンは押すものの、何も答えないのは毎度のこと。少女は見聞きされていることを知ってか知らずか、いつものように数回インターフォンを鳴らし、それに向かって話しかける。

「立花さん。西沢《にしざわ》です。クラスで配られたプリント、持ってきました」

柊は画面越しに息を殺して彼女を見ている。

西沢と名乗った女子生徒は、再び何度かインターフォンを鳴らしたが、諦めたように肩を落とし、プリント類をドアポストに放り込むと、そのまま踵《きびす》を返した。

ゾンビが歩くかのような生気のなさで、柊はフラフラと玄関に向かう。

そしてドアポストからA４サイズの封筒に入ったプリントを取り出すと、それを手が白くなるくらい強く、クシャリと握り締めた。

柊は届けられたプリントの類いには目を通さない。封筒ごと無造作にプリントが投げ込まれる自室のファイリングボックスは、すでにパンパンだ。

柊は、玄関まで歩いていった俺を見下ろす。

「ねえ、ししゃも。あの子さ、わかってやってんのかな？　こういうのはかえってプレッシャーなのに。まあ、クラス委員だから、仕方なくだよね。同情とかポイント稼ぎのためかって思うと、ほんとつらい」

その、どことなく逆恨みっぽい言動に、俺はどんな返答をすればいいのだろう？

俺はなにも言わずに、じっと柊を見つめる。

「『もう関わらないで』って言えれば……それが言える勇気があれば、こんな気持ちにならずにすむ？」

俺はどうにも呆《あき》れて柊に背を向けた。

あれほど西沢の来訪を心待ちにする素振りをしておいて、肝心《かんじん》なところで拒絶する。

その思考と行動の意味が俺には理解できないが、なんとも腹が立つ話ではある。

いい加減、大人になれよ。

外界、あるいは社会と言ってもいいが、それと接点なく、家でひとり引きこもる苦しさは、まさに地獄だ。だが、たったひとりの人間と接触するだけで、たとえそれが上辺《うわべ》だけであっても、明らかに風通しは良くなる。

柊はそのことに気づいているのだろうか？　否、柊は、そのことに気づくべきだった。

まあ俺自身、仕事で忙しくて友達とも会えず、当たり障りのない雑談を職場で繰り返すだけの生活だったんだけどな。猫になってみて、意思疎通のできる人間がいるありがたみを、本当に思い知らされている。

と、唐突に柊が立ったまま動かなくなり、その場の空気までがピタッと静止したようになる。先日と同じ状況だ、と思うやいなや、聞き覚えのある声が小さな頭の中に響いた。

「お待ちかねの試練啓示ターイム」

「いきなり来やがったな。相変わらず神の威厳とはほど遠い神だ」

「柊かわいいだろ？」

「まあ、容姿はな。だが、うじうじしすぎてるんだよな」

「しかしお前には〝試練〟が与えられるのだ」

「接続詞の使い方がおかしいだろ？　ようやく〝試練〟か。お手柔らかに頼むぜ」

「できなかったら、一生ししゃも」

「嫌すぎるけどな。それで、〝試練〟って？」

「一週間以内にやってくれればクリア」

「だから聞けよ。まず、〝試練〟の内容聞かないとどうしようもないだろう」

「それでは期待してるぞ、明智」

「聞けよ！　おかしいから？　ノーヒントで一週間以内とか、あり得ないから！」

「大切なことを忘れていた。〝試練〟の内容についてだ」

「お、おう、そこな。いちばん大切だから。忘れたらこの会話の意味すらないからね」

「第一ミッション」

「ミッション？　第一？」

「柊を、登校させてみよう」

「いやいやいやいやいや、無理無理無理！　不登校を、猫の姿でしかも一週間で治せとか、どんな鬼設定？」

「猫のままで、とは一言も言っていないが」

「な？　もしかして、人間の俺に戻れるというのか？」

「それもできるが、今回は猫のままでいってみよう。為せば成る。為さねば成らぬ何事も。為してだめなら諦めよ。それでは明智よ。吉報を心待ちにしておるぞ」

「もう、ほんとお前の相手疲れるわ」


「ししゃも……」

柊を玄関先に残して、部屋まで歩いていく途中だった俺は、立ち止まってご主人様の顔を拝んだ。

この高校生を、一週間以内に、学校へ。しかも、それができなかったら、俺は猫のままだという。あの神、本気なのかな？　なにかノリでそうしちゃいそうで怖い。

内心でため息を吐くと、俺は柊の目をじっと見ながら、一声鳴いた。

「ぬぁ～」

理不尽すぎるなあ、もう。

◆◇◆

人生なんて、なにをやっても無意味な代物である。

実際俺はそこそこ勉強して、そこそこの大学に入って……就職活動で落ちこぼれた。結果、目も当てられないようなブラック企業に入り、今現在、〝人間の実体〟はどうなっているのかすら知れない。

結局いくら頑張ろうと成功しようと、一度躓《つまづ》くと、人生は詰む。

だが、ここには重要な裏の意味がある。大きく躓かなければ、人生はなんとかやっていけるという、社会人の常識。目立たず、しかし埋もれず。失敗はしても大失敗はせず。

いついかなる時も、ドロップアウトこそを恐れるべきで、平々凡々でも社会の枠内に滑り込みさえできれば、底辺近くであっても十分勝ち組なのだと思う。

妥協が大事。大人になってみればわかる。振り落とされないことがどんなに大変で、大切なことか。

柊はというと、たとえこのまま留年したとしても高校での失敗は本人が思い悩む以上にリカバリー可能だし、まだやり直せるかもしれない。

だが、それでは俺に課せられた〝試練〟は果たせない。柊の将来になぞ興味はないが、あのわけのわからない神の言うことに逆らったら、恐ろしいことになりそうだ。わけがわからない存在だからこそ恐ろしい。

いつものように日中はベッドの上でごろごろしながら、スマホをフリックしてる柊だが、現実を見つめる時もある。

実際、二、三日前にはいろいろ悩んでいた。

「ねえ、ししゃも。高校やめて働くとしたら、どんな仕事があるだろうね」

と、『ハローワークインターネットサービス』を検索したようだが、『近場、短時間、接客じゃなくて、スキルも必要なくて、中卒』という案件を探してみたら、案の定ヒット0件という現実を知ったらしく、わずか十分で心が折れたようだった。

そんなヘタレだが、柊を侮ってはいけない。

ハロワ経由の職探しを諦めたあと、ハードルを下げて考えたようだった。

「高校も行ってないし、バイトなら……！」

こちらは希望の案件が絞られ、勢い込んで探した結果、無難な案件を見つけた。だが、「なんで高校行ってないんですかって、面接で聞かれたら、なんて言えばいいんだろう？」と、迫りくる不安と緊張感に心理的撤退を重ねた結果、面接の申し込みの電話もかけれられずに計画倒れに終わっていた。

ともあれ、それが悪いこととは言えない。どんな動機であれ、人間社会の歯車たらんとしたことは評価できる。生産性のない不毛な生活を捨て、良識ある社会の一員になることは尊いことだ。

神から〝試練〟が告げられ、一生猫化へのカウントダウンが始まった次の日の午後のこと。

ぴくり、と俺の耳が反応する。どうやら今日もその時間がきたみたいだ。

俺はベッドに横になってスマホを弄る柊の頬に右足の肉球をむにゅっと押し付ける。

「んー、なに、ししゃも、遊びたいの？　最近、やけに元気だね。今まで、ずっと寝てるばかりだったのに」

「にゃあ」

俺は一声鳴いて、壁掛け時計のほうに視線を巡らせる。

柊の体に緊張感が走る。そう、いつもの頃合だ。

柊を見て再び鳴いて「ついてこい」というしぐさで玄関に向けて歩いていく。

柊が渋々俺について玄関に来たのと、インターフォンが鳴ったのは、ほぼ同時だった。

誰が来たかのかくらいわかる。昨日のクラス委員、西沢だ。

実際になってみてわかったのだが、猫の感覚というのは特殊なもので、いつ、誰が近くまで来たのかということを、わずかな音やその他のことから細かく察知できる。

柊は一歩後ずさりするが、俺は逃がす気は毛頭ない。

「にゃー、にゃー」

これ見よがしに鳴き声をあげながら、二本足で立ち上がって、玄関ドアの隙間をカリカリ掻《か》いてみせる。

「……ちょ、ししゃも……！」

小声で柊がたしなめるが、聞いたこっちゃない。

この引きこもり女を登校させなければ、俺に明日はないのだ。

具体的に言うと、残り一週間もない。それを越えると、待っているのは人生ならぬ猫生。

残りの命を猫として消費するのはごめんこうむる。

インターフォンの音が少し途絶え、もう一度鳴る。柊が出ないでいると、西沢は玄関越しに、ためらいがちな声をあげる。

「立花さん、西沢です」

「にゃー！　にゃー！」

さらに大声で鳴くと同時にドアをカリカリ。

「だめだってば……！　ししゃも……！」

なおも小声で、小振りな唇に人差し指を突き立てる柊。

異変に反応したのは玄関越しの西沢のほうだった。

「飼い猫さんかな？　……猫くん？　外に出たいの？　やけに必死だね……あ！」

その声色に、はっとしたような緊張感が走る。

同時に、その声になにかを察知したのか、俺の背後の柊が全身をこわばらせる。

柊は「違うから！」とでも言いたそうにパニックに陥っている。

西沢がただならぬ様子を感じ取ったのか、鋭い声を発する。

「もしかして、立花さんになにかあったって、そう知らせたいの⁉」

「にゃー！　にゃー！」

「違ーう！」と口をパクパクさせながら、柊が身悶《みもだ》えする。

よし、勘違いＯＫ。柊の身に、重大な危機が迫ってると誤解させることに成功したようだ。

「ど、どうしよう？　管理人さんに言って、鍵を借りてこようかしら？　立花さん！　早まったことをしてはだめだよ！　ガスの元栓を締めて！　窓は全開にするのよ！」

西沢は狼狽《ろうばい》して、ドアをガンガン叩いている。

「しーしゃーもー！」

恨みがましい目で、柊がこちらを睨《にら》んでくる。だが涙目で情けないことこの上ない顔だ。

これ以上、西沢を騒がせておくわけにはいかないと思ったのか、柊はリビングへとって帰り、インターフォンの画面を見つめる。通話ボタンにかけた指は、かすかに震えていた。

柊は、大きく深呼吸をすると、勢いに任せて通話ボタンを押した。

「ちょっと、落ち着いて。違うから。私、生きてるから！」

しばらく、返ってきたのは沈黙だけだった。

やがて、西沢の心から安堵《あんど》したような声が聞こえる。

「よ、よかったああ！　立花さん、冗談きついよ」

「じょ、冗談なんて、言ってないし！　なりゆきだし！　そもそもそっちが勝手に勘違いしただけじゃん」

「ほんとだよぉ。やっと、やっと、出てくれたあ……」

「人の家の前で騒ぎ立てるから……！」

心底安心したような言葉に、柊が憎まれ口を叩《たた》く。

「ずっと心配だったんだよ。本当に家にいるのかとか、まかり間違えて、すでに……とか、勘ぐっちゃったことすらあるもん。あ、私のことわかる？　西沢美玲《みれい》だよ」

「まあ、その……」

渋るような柊の声に対して、西沢は嬉しくて仕方ないような声を出す。

「元気だった？　もー、一度休んじゃうと登校しづらくなっちゃうのわかるけどさ、少し頑張《がんば》ってみようよ。みんな待ってるよ」

柊はぐっと唇を噛《か》むと、鋭い目つきで画面を睨み、胸に右手の拳を当てる。

「先生も、顔出しに学校寄れって。授業の遅れとかは、ちゃんと補習するからって言ってくれてるし……」

「用件」

「ん？」

「用件は？」

「あ、ああ、今日も学校でプリント配られてね。それで私……」

「どうせ、『私、クラス委員だから』でしょ？」

「え？」

あ、やばい返しだ、これ。

捻くれるなよ、柊。チャンス作ってやったんだから、自分で沼にハマるなよ？

「それは、そうなんだけど……」

「ほらね、結局は点数稼ぎ」

狼狽したような西沢の声に、柊は、駄々っ子のように低い声を出す。

「一年の頃からそうだったよね。いつも西沢はクラスの人気者でさ。誰にでも優しくて、聞き分けがよくて。本当にいい子ちゃんで。なに？　二年になってからも、ぼっちの私に関わろうともしなかったのに、今さらなんの用？」

「それは……たしかに私、立花さんって、クールな人なのかなって思って、接点少なかったけど、学校来なくなってから、立花さんもなにか悩んでたんじゃないかなって思い直すようになったんだ」

「そりゃ、クラス委員の立場あるもんね。変な同情心出して、ぼっちの引きこもり女にお情けでも与えてやろうと思うようになったんでしょ？」

「そこまで……言うわけ？」

西沢はさすがに憤ったようだ。

それはそうだよな。柊、お前だってせっかくのチャンスだってことはわかってるだろう？

そこから脱出する機会を、なんで無駄にする？

俺の苦労はどうなるんだ？　俺の将来は？

柊の言葉は腹が立つくらいばか野郎の言い草だと思った。

しかし。俺がイライラしながら振り返ると、柊は肩を震わせて唇をきつく噛み、まぶたを真っ赤にしていた。

「……人なんて、信じられるもんか」

柊の様子に、怒りの矛先が雲散霧消し、俺は間抜け面でぽかんと口を開けた。

インターフォンから聞こえた柊の言葉に、西沢の重々しいため息が重なる。

「……立花さん、たしかに、言いたいことはわかる。去年、あんなことがあったもんね。あれからだよね、立花さんが、友達を遠ざけるようになったの」

はっと息をのみ込んで、柊が顔をあげる。西沢はインターフォン越しに続ける。

「私だって忘れてないよ。でも、乗り越えなきゃいけないことってあるよね？　私もね、あの時は本当に打ちのめされたけど、お母さんが言ってくれたの。『人生には乗り越えられない困難もあるかもしれない。でも、それを乗り越えていくのも人生なんだ』って」

去年？　去年なにかあったのだろうか。

それにしても西沢。なんだそのわかったようなわからないような教えは。

乗り越えられないものは乗り越えられないだろう。それを乗り越えろっていうのは根拠のない根性論だぞ。あんたのお母さん、偉そうだけど、なんか違うぞ。

でもまあ、慰めようとしていることはわからんでも……。

「なにそれ、ぜんぜんわからない」

あのなあ、と俺は天を仰ぐ。

なんでそこで西沢の歩み寄ろうとする姿勢を、真っ向拒否しちゃうわけ？

お前さ、仮にも引きこもりに声かけてくれる貴重な人間を無碍《むげ》にしすぎだろ？

なんなの？　お前、ハリネズミのジレンマを実行してるの？　気持ちはわかるけど一発で切り捨てちゃっていいわけ？

「そっか、ごめん……プリントだけ、ポストに入れとくね」

気落ちした声色で西沢が答え、その気配がドアから遠ざかっていくのがわかった。

やばいやばいやばいやばい！

俺は焦りながら頭を高速回転させていた。

これは非常にまずい。柊のライフラインが、学校へとつながる唯一の接点が今、蜘蛛《くも》の糸が切れるように途絶えようとしている。それは、俺が生涯、猫畜生として生きていくことを余儀なくされることを意味する。

そんな未来を認めるわけにはいかない。

とにもかくにも、ここで西沢を帰してしまったらアウトだ。

俺は矢も盾もたまらず、玄関脇の外廊下に面した部屋に入る。幸い、外廊下に続くサッシ窓の鍵はいつも開けてある。前足でサッシ窓をスライドさせ、外廊下にジャンプした。

玄関を後にした時にはもちろん、浅はかすぎる柊に非難の視線を送ってくることを忘れなかった。だが、その時見た光景には、俺はまたも怒りの矛先を失い、少し後悔すら覚えることになった。

残してきた少女が、床にペタンと座り込み、顔を覆って静かに泣いているのを見てしまったから。

マンションの外廊下にスタリと飛びおりてから、とぼとぼと帰り道についている西沢の元へダッシュする。

猫の体を借りているとはいえ、中身はアラサー男子。瞬発力を必要とした動きは、さすがにしんどい。立花家から少し歩いたところにあるエレベーターへ向かっている西沢に追いつくと、ぜーはーと内心で肩を上下させつつも、自分を鼓舞し、その足元にじゃれついてみせる。

「にゅう〜」

目をまん丸にして見下ろしてくる西沢に、小首をかしげて、愛らしく一声。

「にゃあ」

「……君、立花さんのところの猫くん？」

「みー」

俺は肯定すると、頭を低くして西沢の足に首筋を擦り付ける。

「私、立花さんに嫌われちゃったのかな？　点数稼ぎのいい子って。そうだよね。クラス委員でもなければ、ここには来てないもんね」

西沢が暗く沈んだ声を出す。

だめだ、ここは肯定してはだめだ。否定しろ。

でも、猫の俺に言葉は発せられない。

どうする？　どうすればいいんだ？

「みゅー……」

俺は困ったような声を出し、とっさに西沢の帰路を塞《ふさ》ぐように進行方向に回り込んで座ると、じっと訴えかけるような目で西沢を見上げた。

「猫くん……」

はっとしたように、西沢は俺をまじまじと見つめる。

俺はなにも言わずに、キラキラとしたガラスのような瞳を、西沢に注ぎ続けた。

見ろ。見るのだ！　俺の無垢《むく》すぎるキャッツアイを見つめろ。

「……猫くん。もしかして、君は立花さんのところに私が来てもいいと……ううん、もしかして、来てほしいと望んでいるの……かな？」

西沢は、つっかえつっかえ言う。

よし、深読みウェルカム！

もの言わずとも、人間というのは無垢に絡んでくる猫を鏡にして、自分の足りていないところや罪悪感に気づくことがままあるようだ。これは結構役に立つ。

「でも、私、立花さんに嫌われて……きっと、メッセージも届いてない……私、嫌われたりとかするの怖いのに……いけないのに……」

ん？　よくわからんが、とにかく、ここはもう一押し。西沢は、なんだか勝手な罪悪感と使命感に駆られているみたいだ。

俺はじっと西沢の瞳を凝視しながら、首をかしげるしぐさも追加する。

つぶらな瞳アタックに、西沢はたじろいだように身を少し引いた。

しかし、それも一瞬のこと。右の手のひらで顔を軽く覆い、そのまま前髪を軽く撫でつけた。

「そう……だよね。私が諦めちゃいけないよね。立花さんのほうこそ、苦しんでるんだもんね。私、しっかりしなきゃいけないよね。そうしないと〝いい子〟にすらなれない」

そう言って、ふっと、きれいな微笑みを俺に投げかけてみせた。

「ありがとう、猫くん。今度は、君の名前を教えてもらえるくらいには頑張ってみるね」

「にゃん」

やった！　通じたあ！

俺は上機嫌で尻尾をゆっくり大きく振り、愛らしい返事をしながら、俺は内心でガッツポーズを作っていた。

やるじゃん俺！　社畜生活で、仕事を追加しようとする上長に罪悪感を抱かせるような、憐れっぽい視線を送る技術を無駄に学んでなかったってことだよな。うん、自信つくわー。

西沢は俺の頭を軽く撫でると、制服の裾を翻し、颯爽《さっそう》と去っていった。

さてさて、かろうじて糸は切れずにすんだ。

問題はきかん坊のご主人様、柊のほうだ。

給料は出ないが、まあ、頑張るさ。この〝試練〟を終えれば、猫の生活とはおさらば。

俺にはいつもの、悪夢の社畜ライフが待っているのだから。

柊の部屋に戻って、しばらく時間が経った。

主《あるじ》はベッドの上に、パイル地のショートパンツと、Tシャツを着てうつ伏せに倒れ込んでいる。

先程は、ひとりベッドの片隅で体育座りなぞしていたが、今はその体勢にも疲れたのか、生ける屍《しかばね》のようにベッドに投げ出した身を動かさない。

柊がなにを抱えているのかは知らないが、この真綿で首をしめるような鬱々《うつうつ》状態だけは、見ているだけでこちらの精神衛生上もよくないというものである。はっきり言って、目障りでイライラすることこの上ない。

柊が動かないのなら、こちらからちょっかいを出そう。

「みー」

そう声を出しながら、二の腕あたりを、右の肉球でフニフニ突く。

すると、柊が、「んっ」と唸《うな》りながら、大きな黒目がちな瞳をゆっくり二、三回瞬いた。

「ししゃも……」

俺を確認して、頭を撫ぜる。

「私、最低だわ……」

うん、わかってるならいい。今日のお前の態度はどう考えても、褒められたもんじゃなかった。

柊は爪をカリッと噛んで、暗く続ける。

「でも、西沢はあの時、他のみんなと同じようにずっと〝あっち側〟だったんだよ？　気のいい人間演じてさ。それで、私が学校行かなくなったからって、今さら……」

ん？　本能的に首をかしげて、「みぃ」と鳴くと、柊は大きくため息をついて、俺を引き寄せ、覆い被さった。

「わかってくれるんだね、ししゃもは」

わからん。抱き寄せるな。吸うな。俺の頭を吸うんじゃない。

柊はそのままベッドの上でぐるりと体を回転させると、上半身を起こして、俺を抱いたまま姿見を覗き込んだ。

「……ブサイク」

そう言って、俺の右足をつまみ、招き猫のように前回りに回してみせる。

んん？　ブサイクとはたいした言われようだ。この、高貴なロシアンブルーの俺様に、非の打ちどころがあるとでも？　今は猫なので、いくら容姿自慢をしても悲しいが。

「お前はかわいいね、純粋で、気ままで。今日も、私のことを思ってくれたんだよね」

へ？　俺のことブサイクって言ってたんじゃないの？

訝《いぶか》しげに鳴くと、柊は上半身を折って、俺の顔に頬を擦り付けてきた。

「本当にずるいのは私だよね」

目を白黒させている俺の耳元で呟《つぶや》くと、柊はもう一度大きく息を吐いて、姿見の自分と向き合う。

「本当に、ブサイクなんだから……」

そのことがあってから、柊が、少しずつ前を見ようとしはじめるまで、時間はかからなかった。


それから柊は、朝の早い時刻に起きるようになった。

シャワーを浴び、用意された朝食を食べ、制服に着替えると、「よしっ！」と気合を入れて、玄関まで歩いていく。

そして、玄関の土間に靴を履いたままの足を乗せ、じっと膝を抱え玄関マットにしゃがみ込む。そのまま、気合を入れてドアを開ければ、あとは惰性で登校できるだろう。

俺も固唾《かたず》を飲んでその行く末を見守っていたものだが、柊はといえばこの三日の間、こうして座ったまま、三十分も動かないでいることを繰り返している。

じーっとしゃがみ込んで、しばらく経つと、ふと気づいたように腕時計に目をやる。そして大きくため息をついたあと、ゆっくり俺のほうを見るのだ。

「ししゃも……だめだよ、どうしても行けない」

まあ、よくある登校拒否だよな。事前の準備は完璧。食事も着替えも身だしなみももろもろがすんで、あとはドアを開けるだけなのに、そのドアはやけに遠くに存在する。

俺も新入社員の頃、五月病で経験したことがある。なんなら、入社直後の四月の時点で、すでにその状態だった。もっともそのあと、激怒した上長の声が留守電から響いてきて、泡食って出社したもんだけどな。強制力がなかったら、俺も今の柊と同じ状況にいただろうと考えると、ばかにする気にはなれない。

柊には、背中を押してくれる人間が必要なのだろう。

とりあえず俺は玄関ドアまで歩いていき、ドアをクンクン嗅いだあと、もう一度柊の横に戻ると、おつかれさん、という意味を込めて「みゃう」と声をかける。

本来ならこの進歩は上出来と見るべきなのだが、いかんせんタイムリミットが迫っている。焦《じ》れる気持ちは柊の中にもあるのだろうが、それ以上に俺は自らの身の危機を感じていた。

約束の一週間まで、あと三日。

どうすんだよ？　もう。

そうして、柊は自室に戻ると部屋着に着替えはじめる。

もちろん、着替え中、俺はそっぽを向いている。子供相手とはいえ、紳士なのだ、俺は。

「今日はもう行く準備で頑張ったから、あとは自由時間でいいよね」

俺は今日も臍《ほぞ》を嚙む。まるっきり定番のニート発言だ。

もともとお前、毎日が自由時間じゃない。

こうして壁に制服を掛けた柊は、いつものように悶々として過ごし、西沢が来る頃になるとそわそわしだすいつものパターンに戻る。

いや、このままであと三日以内に登校させるとか、俺、すでに詰んでるだろ？

だが、諦めたらそこで試合は終了だ。

逆に言えば諦めなければ試合は過労死するまで延々と続く。

柊が難攻不落なら、攻めどころを変えてみることにしよう。

俺は固い決意とともに、大きく「くわっ！」っと、あくびを漏らした。

翌日にとった作戦はこの前と同じ。

タイムリミットまで残り二日。追い込まれた俺のやることは決まっている。

西沢が現れる気配を察した俺は、インターフォンが鳴らされる寸前に柊を玄関まで連れ出し、ドアをカリカリ。

「ししゃも……またなの？」

左の掌底を額に当てて、柊が大きくため息をつく。

知ったことではない。俺にはこの手しかないのだから、今できることに全力を注ぐ。

ピンポーン、と見計らったかのようにインターフォンが鳴る。

「にゃーにゃー」

ピンポーン、ピンポーン。

「にゃー！　にゃー！　にゃー！」

ピンポーン、ピンポーン、ピンポーン。

「もおおおお！　わかったよ、わかったわよ！　今、出るから」

お？　柊が、初めてドアを開けるだと？　俺の作戦に、思いの他の効果が？

「今、出るから」

そう言って踵を返す。やっぱり柊はチキンだった。まあ、進歩ではあるが。震える手で通話ボタンに指を伸ばすと、息を吸い込んで吐き、勢いで押し込む。

「はい」

「立花さん？　私。西沢だよ」

「知ってる。用件はプリントでしょ？」

「あ、うん」

「…………」

「…………」

気まずい沈黙が流れる。

「……あの、さ」

「あ、あの猫くんだけど……！」

ふたりは同時に口を開き、気まずさに輪がかかった。

気を取り直し、柊が答える。

「あ、うん。ししゃも」

「あ、ししゃもくんって言うんだ。か、かわいいよね。ロシアンブルーだよね、たしか。おとなしい猫って聞いたけど、人懐っこくて」

「……詳しいんだね」

「うん、猫飼いたいと思ったこともあるから。ああいう猫くんを飼いたいと思ってたの。羨《うらや》ましいなー」

「……そう」

「…………」

「…………」

再び会話が途切れる。柊はこちらに目を向けて、なにか言いたそうというか、明らかに会話継続の助けを求めるように、泣きそうな顔で訴えてきた。

知るかよ、猫の身の俺になにを期待してるの？　なにもアシストできないよ？

俺はおもむろに全身をグルーミングして柊を一瞥《いちべつ》し、「ハッ」とため息をつく。もちろん、「タスケ、ムリデス。ゼンショシテ」の意味だ。

すると、一瞬で柊の顔に絶望の色が差した。

マジかよ、通じたのかよ。すげぇな猫のコミュ力。

柊は大きく深呼吸すると、悲しそうな瞳をしながら、吐き出した。

「用件はそれだけ？　もう帰ったら？」

カメラ越しの西沢はその柊の冷たい声に、捨て犬のようなしょぼくれた表情を見せ、かすかに頷いた。

「……うん。プリント、ドアポストに入れておくね」

そうして肩を落とした様子で踵を返すと、インターフォンの画面から消える。おそらく、とぼとぼとエレベーターへと歩いていっているのだろう。

柊は、それを口をパクパクさせたあと、結局「ん」とぼそりとしか言えないまま見送り、椅子の上にいる俺に情けない顔を向ける。

「ししゃも……ししゃもぉ～！」

「ぬあ～」

くっつくな、抱き上げるな、顔を押し付けるな。吸うな。

「私、またあんな悪態……。西沢に嫌われたよ。完っ全に嫌われた～！」

だろうな。そしてこのままだと俺のほうも「さようなら人生。こんにちはキャットライフ」を迎えざるを得ない。「人間やめたい。猫のほうがいいよ」とか言う輩《やから》がいたら、喜んで替わってやろう。たしかに猫の生活は三食昼寝付き。義務という義務もない。だが、それだけだ。食って寝るだけの生活に、少なくとも俺は意義を見いだせない。

猫になってこちら、人間にしかできない楽しみは、ほんと多いって思い知らされている。おいしい食事にせよ、娯楽にせよ、嗜好品《しこうひん》にせよ。

だからこそ、今は西沢を一刻も早く追いかけなければいけないのだ。

なのに、このばかときたら……本当に間が悪い。

「ししゃも～」

知らん、離せ。ぬおーっと、前足でぐりぐり押し付けてくる顔につっかえを作ると、なんとかして柊の腕の中から逃げおおせようとする。

その時、またしてもインターフォンの音が聞こえた。

誰だ？

訝しげにインターフォンの画面を覗き込んだ柊の目が見開かれる。そこには先程去ったはずの西沢の姿があった。まさか西沢が戻ってきたとは。柊は思わずだろうか、通話ボタンを押した。

「……西沢？　なんであんた、戻って……？」

「立花さん。ひとつ、言い忘れたことがあって」

駆け足で戻ってきたのか、少し息を荒くした西沢の声が響く。

「去年のあのことは、私も悪いことをしたと思ってる！　あなたの味方になれないで、偉そうに〝仲良く〟なんて……でも、でもさ、立花さんのやったこと、間違ってなかったと思うよ！　少なくとも立花さんは、篠原《しのはら》さんを見捨てようとしなかったんだし……」

去年のこと？　まただ。また出たキーワードだ。柊はなにをしたんだろうか。この臆病者の高校生に、なにか大それたことができるとは、俺にはとうてい思えない。

そんなことを考えていると、ふと俺を抱きしめる力が強くなった。不満げに柊の顔を見上げた俺は、柊の顔を見て一瞬凍りついた。

仮面のように表情をなくした柊の顔には――。

そこには、静かな、静かな怒りがあった。

「……帰って」

「立花さん、立花さんが篠原さんを助けたのは……」

「帰ってって言ってるでしょ！　二度と来ないで！」

そう、インターフォン越しに吐き捨てる。

俺を抱きしめる腕が緩んだ。その隙に俺は床に着地すると、おそるおそる柊の様子を窺《うかが》う。

柊はもはや玄関越しの西沢や俺自身の存在すら忘れたように、夢遊病者の足どりで自室に戻っていった。

柊のことも気になったが、それ以上に今、失って痛いカードは西沢だ。

彼女は柊が登校するにあたってのキーパーソンであり、力強い援助者たり得ている。

実際、西沢とのインターフォン越しのやり取りのあと、柊は「朝起きて、支度して、玄関まで行く」というステップを踏むことができるようになった。

たとえ西沢がクラス委員で、点数稼ぎのために学校のプリントを持ってきているのであれ、柊にとっては「クラスメイトと接触した」という一事が、とてつもない意義を持っているのだ。

先程のやり取りではトラブルが生じたが、それを致命傷にしないためにも、早急なフォローが必要だった。

前回と同じ方法でマンションの外廊下に降り立つも、西沢の姿はすでに見えなくなっていた。追いかけようにも、猫にエレベーターは使えない。さりとてマンションの十四階から飛び降りるスタント猫として颯爽とデビュー！　……と同時に死亡リタイアする気は毛頭ない。

階段だ、と思いつき、とっとっと、と、軽快なリズムで階段を下りていく。

途中の階で、きりっと澄んだ初秋の夕空の下に広がる、輪郭のくっきりした街並みとともに階下を見下ろすと、ちょうどエントランスに、マンションから出てきた西沢の姿を目に捉えた。右へ向かったのをしっかり確認する。

重い足どりなので、スピードはそれほどでもない。充分に追いつける。

即行でエントランスまで駆け抜け、そのままのスピードで右に曲がる。

全力で走っていると、前方に再び西沢の姿が見えてきた。

徐々に足を運ぶスピードを落とし、早歩きになって、ちょこちょこと忍び寄る。

人間だったなら、激しい息で肩を上下しているところだ。涼しい顔をしているものの、全力疾走した俺の内面疲労度は限界を超えていた。

し、しんどい！　こんなに走ったの何年ぶりだろうか。この前、マンションの通路で西沢を追いかけただけでへばっていたのに、勘弁してくれよ……。

「あれ、ししゃもくん……？」

気を取り直して早歩きで西沢と並び、声をかけようとしたところで、西沢が先に俺に気づき、不思議そうな声をあげた。

「またついてきちゃったの？　だめだよ、君はご主人様と一緒にいてあげなくちゃ」

そうふわっと微笑んで、俺を優しく抱き上げる。制服に毛が付くことは躊躇《ちゅうちょ》しないようだ。カバンを肩にかけたまま、俺をすっぽりと胸の中に収める。

「励ますつもりだったんだけどなあ……」

西沢は大きくため息をつく。

諦めるな西沢。君は柊のホープであり、もはや俺にとっての一縷《いちる》の望みだ。

なんとか柊を引っ張り上げてもらいたい。

「私、必要とされてないのかな……？」

「にゃあ」

「そんなことない？　うん、私、必要とされてなくちゃいけないよね……」

「にゃあ」

「うん、みんなと仲良くしなきゃいけないよね。みんなと仲良くしなければ、必要とされない」

「にゃあ？」

「必要とされない私に存在意義なんてない」

「……にゃ？」

ん？　なんだ、西沢？　柊もたいがいだが、お前も少し……。

と、その時、向かいから歩いてきた、制服を着崩している三人組の女子高生が、西沢に気がつくと、声をかけてきた。

「お、美玲じゃん？　今帰り？」

「西沢ー、おつかれー」

「美玲ー、やっほー」

西沢は愛想のいい笑顔を浮かべる。

「あ、やっほー」

三人組は俺を目に入れ、キャーキャーと西沢ごとこちらを囲んできた。

「えー！　その猫なに？」

「かわいくない？」

「やばいー！」

「ああ、この子ね。立花さんところの……」

西沢の言葉が途中で遮られる。

「えー、立花？　不登校の？」

「まだなんか持っていってあげてるんだっけ？」

「あの子、少しは学校に顔出そうって感じになってるの？」

「うん、まあね……でも、なんかうまくいかなくって」

少し居心地が悪そうにしながら、西沢は答える。

「えー、なんか可哀想、美玲、あんな奴の犠牲になって」

「学校に来るかどうかなんて自己責任じゃんね」

「それをさ、西沢の人の良さにつけ込んでるんだよ」

「あはは。そんなことないよー。でも、みんなで学校行けたら、それがいちばんいいよね」

優等生的な回答をする西沢に、三人は毒気を抜かれたように顔を見合わせる。

「美玲、人良すぎ」

「でも、たしかに、登校させたいよねー。ほら、トモダチとして？」

「あー、それじゃさ、美玲、アレやってみたら、アレ？」

「……ん？　アレって？」

西沢は小首をかしげる。

「あたし、小学校の時、風邪で結構長いこと休んでたんだけど。その時に、担任から、『早く元気になって、またかわいい笑顔見せてください』ってメッセージカードもらって」

「キャー、キョウコ、それってなに？　淡い恋の思い出ってやつ？」

「冗談やめてよ。『かわいい笑顔』とか、キモすぎでしょ？　ほんと身の危険感じたわー」

「ってかメッセージカードっていう発想自体がやばい」

ケタケタ笑う三人に、西沢はどことなく沈んだ様子で曖昧な笑みを返す。

「そう……だよねー、キモいよねー。だよねー」

ん？　西沢の返答に、なにか間があったような。

「そうそう、もしそんなことしたら、逆に依存されちゃうって。美玲っていい子だからさ、気をつけたほうがいいよ」

「立花ってなんか、隠れ粘着っぽいしね」

「そうそう、気取ってるふうを見せて、実は友達に飢えてますー、みたいな」

「あはは……、ちょっと、それは……言いすぎ、かな」

「えー、美玲、あいつのこと庇《かば》うわけ？」

「やっさしー」

「まさかの怪しい関係てやつ？」

はやし立てる三人組に、西沢の頬に朱が差す。

「そ、そんなんじゃないよ。私、クラス委員だから！」

少し語気の強くなった西沢に、三人組は再び顔を見合わせ、小動物を見るかのように優しい目線を投げかける。

「わかってるって、美玲。冗談だよ」

「クラス委員、大変だよね」

「ごめん、うちらも調子乗りすぎた」

ん？　なんだこいつら？　口ではなんのかんの言いつつ、結構心根の悪い奴らじゃない？

「うん、ありがとう」

西沢はぱっと花の咲きそうな笑顔で答える。

三人は笑顔でそれぞれ別れの挨拶を口にすると、またがやがやとしゃべりながら西沢の横を通り過ぎていった。

そして、彼女たちが去っていった遠くのほうから、途切れ途切れに声が届く。

「……玲も……いよねー」

「優……生……ら……ねー」

「点数稼……ご……さん」

もちろんそれが聞こえていないはずがない。西沢の肩が、明らかにさがる。

あいつら。根性の腐った奴らだ。俺は憤然とする。

「あは、キモいか。そっか……」

大丈夫だ、西沢。人と親密になろうとする行為がいきすぎると、とかくウザいと言われがちなご時世だが、だからこそお前のような存在は貴重なんだ。主に柊のために。すなわち俺が人間に戻るために。

だから、自信を持て。俺のために。

「ししゃもくん……」

「みゅう」

西沢は美しいが、どこか危なっかしい、水仙のような笑みを見せた。

「ごめんね、もう私、君のご主人様の力にはなれないや」

ま、待て、気をとり直せ西沢！

君は柊の希望。ライフライン。つまり俺にとってもライフラインなんだ。

みゅうみゅう鳴く俺を、西沢は優しく地面におろした。

「ごめんね。ごめんなさい」

西沢はそう言って、足を引きずるようにして帰り道を歩いていった。

こ……このあと、どうすりゃいいんだよお⁉

意気消沈して尻尾をだらんと下げる俺の悲痛な鳴き声が、夕暮れに染まる街並みに、ただただ響いていた。

◆
◇
◆

結局のところ、人なんて信用はできない。柊が前に呟いていたとおりだ。

大人になればわかる。人なんて、裏表使い分けて、上手に付き合って。上辺だけ取り繕って、上辺だけの関係を作るものなのだ。

若い頃にあった熱い交わりなど、年をとれば冷めていく。でも、それが都合のいいこともある。なにが悪いんだろうか。

だからこそ、柊の今の状態は、俺にとって些事《さじ》もいいところなのである。そんなことくらいで悩んでいる柊を見ていると、非常にイライラする。

所詮、高校生の青春ごっこだ。

それは結構だが、俺はなぜ巻き込まれなきゃいけないのか？

「ししゃも……」

柊が自室のフローリングの床にぺたりと座ったまま、俺に手を伸ばしてくる。

だが、今の俺は素直にその手の誘いに乗ることを拒んでいた。

救いの手を跳ねのけた柊。救いの手を差し伸べることをやめた西沢。どちらも、どうして思いどおりに動いてくれないのか。その青春ごっこに、俺の今後の人生が左右される理不尽さに、腸《はらわた》が煮えくり返っていた。

すっと、柊の手を避ける。

「ししゃもまで私を避けるんだね。そうだよね、私、最低だよね」

柊は力なく手を落とした。

「去年、いろいろあったんだよね。でも、友達なんて、裏切られて、裏切って……そんな関係、もう嫌だよ」

ん？　よくわからないが、知らねぇよ。人なんて、善意なんて、そんなもんだ。

昨日言っていたことと今日言っていることが違っていたり、今まで主張していたことを、顔色ひとつ変えずに撤回する。

この先、生きていれば善意とも悪意ともつかない人間関係が、ずっと続く。

だから、重要なことは人に弱みを見せないことだ。鎧《よろい》を着込むことだ。

その点において、人に心を開こうとしない柊はまったくもって正しい。

「あの時、西沢は安全なあっち側にいた。そのあとも、私も距離を置いてたけど、仲良くなんかぜんぜんなくて。それなのに今さら『立花さんは間違ってない』？ ばかにしないでよね」

柊が言っていることはよくわからない。ただ、お前はひとつ間違えている。

人間というのは、要領良く立ち回らなければならない。人を押しのけてでも、自分の権益を守る図太さ、ずる賢さがなければ、それだけで負け組なんだ。それは友達関係でも一緒だ。

そういった要領の良さは、大人になっても必要になる。

真っすぐで実直な奴が幸せになれるわけではない。評価されるわけではない。うまく立ち回った者が、いい目を見るんだ。

学校というのは、人によってはそういった要領の良さを磨くための場所でもあるだろう。

学校は社会的な人間関係の縮図だ。生きる術《すべ》を学ぶためのところだ。

だから、柊。西沢は、たぶん……。

俺はデスクチェアを足がかりにして机に飛び乗ると、西沢が毎日のように持ってくるプリントを無造作に詰め込んだ、机の脇のほうに並べられたファイリングボックスをカリカリと引っ掻いた。

「どうしたの、ししゃも……？　学校のプリントなんかに興味があるの？」

そのとおり。俺の勘が正しければな。

今日のやり取り。前に西沢にかけられたあの言葉。

それらを総合的に判断すると、おそらく、この中には柊にこそ必要なものが入っている。

ファイリングボックスを前足でグリグリ動かす。ファイリングボックスはバランスを失って、ゆらゆら動いている。

「ししゃも、いたずらすると倒れちゃうよ」

「にゃっ⁉」

ばたん、という音がして、ファイリングボックスが横倒しになる。

「ああ、もう……！　めちゃくちゃ……」

同時に、今まで西沢が持ってきたプリントが、封筒から飛び出し床にばらまかれる。その中から俺は目当てのモノを目ざとく見つけ出した。

「にゃー」

前足で、〝それ〟をカリカリと引っ掻く。

「ん……？」

柊が、訝しげに俺の足元の紙を見る。

「これ、学校のプリントじゃない。手紙……？」

そう、手紙だ。西沢は、柊に向けたメッセージを毎回毎回、何通も何通も届けていた。何度無視されようと、西沢は折れずに、柊にアプローチをし続けていたのだ。

あの時の西沢の発言。

『でも、私、立花さんに嫌われて……きっと、メッセージも届いてない』

そして、昨日の三人組とのやり取りの時の微妙な間。

それは、こういうことを意味していた。

社会人の、社畜の空気を読み取る技術をなめるなよ？

『いかに状況を察するか』が、俺たち社会人にとって、まさに生死を分けるものなんだ。

柊は呆然《ぼうぜん》とした表情で、手紙を読み上げる。

「『こんにちは、西沢だよ。立花さんには立花さんのペースがあるから、ゆっくり考えて、前を向いてほしいな』『こんにちは、西沢です。今日はあいにくの雨で気持ちも塞ぎがちだけど、たまには雨の日に外に出るのもいいものです』なにこれ？　こんなの……こっちにも……そこにも。なに、これ……」

柊は、次々にプリントの間に挟まったメッセージを取り上げ、ひとつひとつ目を通していく。

手紙は、おそらく柊が不登校になってからすぐ、毎日書かれていたのだろう。丁寧な人のぬくもりが感じられるような手書きで書かれた一通一通は、かなりの量だった。

柊は手紙に目を通すと、一言、ぼそりと呟く。

「……キモ」

ああ、そうだよな。キモいよな。俺は内心、そう賛同した。

今どきの女子高生で、こんな粘着的な、手紙のやり取りなんてはやらねぇよな。キモいし、なに考えてるのかわからない。

手紙書くのが趣味なの？　もしくは頭いかれてるの？

そう思うのが当然だよな。

「ほんと、キモいってば、こんなに……」

柊の頬を、一筋の涙が伝う。

そうだよ、柊。それが、答えなんだ。人と人とが不器用ながらもつながること。

人間なんて信用できない。そんな当たり前な、わかりきったことがはびこった世の中で。

いや、だからこそ。

「ごめん。ごめん、西沢……」

そう言って、柊は肩を静かに震わせる。

そうなんだよ、柊。

それが〝青春〟なんていう、暑苦しく、ばか丸出しの、答えのひとつなんだと、俺は思うんだ。

「ししゃも、じゃあ、行ってくるね」

　翌朝、自室で制服に着替えた柊は、胸のあたりで両拳を握り締めて、床に座って見上げる俺に毅然《きぜん》と宣言した。

　そのまま玄関に向かい、靴を履く。俺もその後を追って、とことこついていき、玄関マットの手前で座り込む。柊はそれから、やはりへなへなと、玄関マットに座り込んだ。

　やはり柊は今日も変わらず根性なしだ。

　玄関マットに座り込み、膝を抱え……。

　そのまま十五分が経過しようとしている。

「にゃあ」

　さすがに呆れて、俺が声をかけると、はっとしたように顔をあげる。

「ししゃもぉ……」

　情けない表情で、俺に助けを求めてくる。

　知らん。柊、今日こそは一歩を踏み出すべきだと思うぞ？

　まして今日が『神』との約束期限の一週間。もう少しの猶予も、俺には与えられていないのだ。

　しっかりしろ、柊。

　俺は玄関のドアに近づいて、カリカリカリカリと執拗《しつよう》に引っ掻く。

「ししゃもぉ、そんなせかさないでよぉ……」

カリカリカリ。

「ししゃも……」

カリカリカリカリカリカリカリカリ。

「わかった……よ」

柊はようやく重い腰をあげると、玄関ドアのノブを、震える手で握った。

そして、そのまま硬直する。

二分が経過しても、まるで石像になったかのように、ピクリとも動かない。

「にゃあ」

勇気を貸すように一声鳴くと、ようやく呪縛が解かれたかのように、柊は顔をあげる。

そしてそのまま、踵を返した。

「ししゃも、頑張ったよね、今日は……」

しらっという目で見つめる俺に、言い訳がましく柊は頷《うなず》く。

まったく、この根性なしは……。俺は内心で盛大にため息をつく。

自室へ引き返そうとする柊。

俺は一声鳴いて待ったをかける。

「にゃあ」

一歩。柊は自室の方向へ。

「にゃあ」

そして二歩。

「にゃあ、にゃあ！」

俺の抗議の声に、柊は泣きそうな顔で振り向いた。

この根性なしが。今日は決心したんだろう？　だったら、貫けよ。

ふと、俺の耳がぴくりと動いた。猫耳パラボラアンテナはかすかな気配を聞き逃さない。

ははあ、なるほどね、こうなるのか。

「にゃあ！　にゃあ！　にゃあ！」

俺はヤケクソのように鳴き声をあげ、二本足で立ち、ドアに前足をかけて必死に掻く。

カリカリカリカリカリカリ。

「わかった！　わかったよ、ししゃも！　いい子だから！」

柊の瞳には大きな水滴の粒が浮かんでいる。それでも、それを拭いながら、ゆっくりと玄関まで戻ってきて。今度こそ本当に、本当に勇気を振り絞っているのだろう、震える手で、しかし毅然と顔をあげて、しっかりとドアノブを握る。

俺は柊の足元に座り込むと、その泣き虫の顔を網膜に焼き付けるようにしっかりと覗き込み、優しく、しかし力強く、声をかける。

「にゃあ！」

行け、柊……！

柊は左の掌底《しょうてい》で目のあたりを拭うと、ドアノブをついに回した。

柊、たしかに学校に行くことなんかに意味はない。だが、社畜人生をやってきた俺にすら、ひとつだけ得てきたもの。切ろうとしても切れなかったものがある。

柊はドアを開けると、勇気を持って前を見る。

そして、すぐに立ちすくんだ。

なけなしの勇気の貯蓄を叩《はた》いて、ようやく、ようやく一歩出られたその先には。

「わ！　びっくりした！」

「……あ」

見覚えのあるその少女は、背後に花を咲かせて、雪を溶かすような笑顔を見せた。

「イ、インターフォン押そうとしてたとこ。……おはよう、立花さん」

「あ、うん……お、おはよ」

切れたと思っても、つながり続けるもの。

それが、大人になってからは得がたい、大切なもの。

ほら、だから言っただろう？　しょせん人なんか信じられないんだ。もう手を貸せない、なんて言っていたくせに。どうしても外に出られない、と泣いていたくせに。

人というものは、自分の行動や言葉を、容易に裏切る。自分自身で諦めていたのに、やっぱり諦めきれなくなって、思ってもみなかった、朝の出迎えなんて行動をとったり。

頑《かたく》なに自分の殻に閉じこもり、人なんか信じられないと言っていたのに、傍《はた》から見ればほんのわずかなきっかけくらいで、こんなにも簡単に、なけなしの勇気を振り絞ってみせたり。

な？　人なんてそんなもの。とうてい信じられる生き物ではない。

「迎えに来たら、一緒に行ってくれるかと思って……立花さん、学校、行く気になったんだね」

「う、うん……」

「そっか」

「……ん」

「ありがとうね」

「な、なんであんたがお礼言うの？　私のほうこそ、今まで持ってきてくれてたプリントの、あの、その……」

言いよどむ柊の言葉の意味に気づいたのか、西沢は実に清々《すがすが》しい笑顔を見せた。

「な、なんでもない！　学校行く！」

顔を真っ赤にさせ言い放つ柊に、西沢は目をぱちくりさせると、

「うん、一緒に行こ！」

そう言って、玄関の方向に背を向けると、柊の手を取った。

「ちょ、引っ張らない……で！」

柊は前につんのめりながら西沢の後に続き、ふと俺のほうを振り返ると、猫の耳にも感知できない音量で口を動かした。

俺は、そんなふたりの若さに少々あてられながらも、安堵の息をついた。

とりあえず、これで〝試練〟とやらは突破。猫畜生に成り下がることだけは回避できたということだ。

それにしても。

俺は、柊と、西沢と、俺の今回の一連の〝事件〟を思い返す。

どんな人間でも、毎日起きて仕事や学校へ行き、決まりきった毎日を送ることなんて、当たり前のことだと思っていた。くだらなくても、とにかく続ける。大人として、当然のことだ。

友情なんて年とともに失われる、他愛のないものに過ぎなくて、そんなものに縋《すが》らなくては毎日のルーティンワークを送れないなんて子供の考えすぎる。

でも、社会と接点をなくすことは、死ぬことに等しい恐怖だから。そんな怖さに怯えながら、必死にもがいていく。もがいて、もがいて生きていく。そんな生き方も、遠回りの人生も、それで、いいのだと思った。

◆◇◆

ドアが閉まる瞬間まで彼女たちの姿を見ながら、俺は祝福の一声を。

「にゃー」

おーい、鍵、締めていくの忘れてるぞーという気持ちを込めて送った。

「明智よ……明智よ」

「む、出やがったな、神！　さあ、〝試練〟とやらを乗り越えたぞ。さっさと人間の体に戻しやがれ！」

「嫌だ」

「なんでだよ！　約束が違うだろ？」

「『第一ミッション』と言っておいたはずだが？」

「そ、それは……こんなことがあと何回も続くのか……？」

「いや、それほど多くない」

「本当か？　あと何回くらいなんだ？」

「内緒」

「だから、なんで内緒なんだよ！　不条理すぎるだろ⁉」

「まあ、次回からは人間の体に戻してやらんこともない。条件付きだが」

「人間の体に？　俺の体は今どうなってるんだ？　本当に無事なのか？　会社はどうなっている？」

「刮目《かつもく》して次回を待て」

「一昔前の漫画雑誌の煽《あお》りみたいな語句を入れやがったな！　そうくると思ってたわ！」

「『第二ミッション』があるまでは、猫のまま正座待機」

「またそれかよ。だいたい、猫は正座できないっつーの。……俺まで論点がずれてきてしまったよ、まったく」

「では明智、また会おう」


神との対話が終わり、再び俺は現実へと戻った。

まったく、こんな神経と魂を擦り切られる〝試練〟とやらが何回も続くのか。それほど多くはないようなことを言っていたが、あの神はまったく信用できない。俺の中の信仰は死に絶えた。まあ、あの社畜になった時点で、まるっきり信用しなくなったんだけど。

それにしても神め、適当なことばかり言いやがって。

あの元引きこもりに、俺は今後どれだけ振り回されるのか？

俺は、つい先ほどのことを思い出していた。

柊が登校する時にこちらを振り返って言った言葉。

音として感知こそできなかったが、その唇がなぞった言葉は、明明白白だった。

柊はこう言ったのだ。

「ありがとう」

単純な感謝の言葉。だがその時、俺は重ねてきた苦労が少しだけ報われた気がした。

社畜として、使い捨ての道具として、酷使され、ぞんざいに扱われる日々。

生きている意味すら忘れて、ただ息をして、働いて。それで良かったとは言わない。ただ、人が生きることなどそんなものだと、割り切っていた。諦めていた。

そんな生活の中で、忘れ去っていたその言葉は、紛れもなくキラキラと輝いていて。

感謝の言葉をかけてくれた柊をほんの少し愛おしく思い、心から——ほんの少しだけど、純粋に応援したいと思った。

猫になったことも、すべてがすべて、だめだめというわけではないのかもしれない。

俺は努めて自分に言い聞かせる。どんな苦境においても、希望という名の妥協を導き出す社畜精神、尊いです。

しかしなあ……。俺は肺に溜《た》め込んだため息をつく。

まあ、とりあえずは、次の〝試練〟とやらを待つことにしよう。

再び、柊の口から「ありがとう」を聞くことを期待している自分を自覚しながら、俺は柊の部屋のクッションの上で丸くなった。

第二章　柊をぼっち飯から解放しよう！

秋も真っただ中な朝の日差しに照らされ、いつものように柊の部屋のクッションで丸くなっていると、ふと、空気が緊張した。訝しく思って目を開いてみると、窓から差し込む光に照らされた宙を舞うほこりまでもが停止している。


「明智、明智よ」

「……出たな、神め」

「西沢美玲の力によって、柊が学校に行きはじめているわけだが」

「西沢だけじゃなくて、俺も頑張ったよ？　俺の働きも認めてね？」

「たまに行かないこともあるけどな」

「そうだな、よく午前中学校サボって公園のベンチでぼーっとしてることもあるよな」

「お前が不甲斐ないために、哀れ柊は不登校になる前と変わらずに昼食をともにする友達もできず、毎日ひとりで弁当を食べている」

「なんで悪いことは俺のせいになるんだ！　そもそも今の流れなら、西沢が飯誘ったっていいくらいだろ？」

「お前はなにもわかっていない。自分のような不登校の問題児がいきなり食事をともにしたら西沢の立場が微妙になると踏んでいる柊の心がわからんのか、この人でなしの畜生めが」

「その畜生にした張本人が言っていい言葉じゃないからね？　だいたいそんなの、柊にとっては大きなお世話じゃないの？」

「ともかく、柊はぼっち飯に別れを告げなければならない。それこそお前の〝試練〟だ」

「だから俺の話も聞けよ！　そもそも、なんでそんなことやらなきゃいけないのかがいまいち疑問なんだが……柊をぼっち飯から解放すればいいわけだな？」

「期間は明日から十日だ」

「きっちりしてるな。今日は火曜だから、来週の金曜日までか」

「タイムイズライフ」

「なんか正鵠《せいこく》射ている格言がきた！」

「それと朗報。今後〝試練〟を果たすために、三回だけ、人間に戻れる権利をやろう」

「三回……？　使いどころが難しそうだな。そもそも、〝試練〟はあと何回あるの？」

「秘密」

「なんでだよ！　〝試練〟が何回あるかわからなければ、計画立てられないだろ⁉」

「できなければ一生ししゃも」

「あー、もう、パターンだな。飽きたわ、それ！」

「〝できても一生ししゃも〟でもいいが……」

「すまない。俺が全面的に悪かった。その〝試練〟、見事達成してみせよう」

そんなこんなで、残暑も遠のき、透明な秋の光が降り注ぐ十月中旬の金曜日。

昼前に、俺は柊の学校を訪れた。学校の場所は、神との会話があった日、つまり火曜日のうちに柊の後をつけて確認してある。実際に赴いてわかったのだが、柊の高校は〝人間の〟俺の家からもそう遠くない場所にあった。というか、すぐ近く、隣町だ。

できるだけ人目につかないように校門の隙間から敷地内に潜入した。

柊は校舎裏でいつもぼっち飯を決め込んでいる。初めて学校に来た時こそ柊に仰天され、「勝手についてきちゃだめだよ！」と叱責を受けたが、潜入三日目には、むしろ俺が現れたことに喜色を表すようになった。だからといってぼっち飯から脱出するための進捗《しんちょく》は今のところない。

衆目を避けて右手に回り込み進むと、校舎の脇のやや背の高い草の芝生のスペースに入る。学校の敷地と周りを隔てる壁に添って一度左に曲がり先に進むと突き当たりにはうずたかくビニール袋が積まれたゴミ集積場があり、『廃棄　日月曜日・木曜日』という錆《さ》びた鉄のプレートがかけられている。ここを抜けると、柊がランチスポットとして使っている校舎裏に行き着く。校舎裏にはポツポツとケヤキの木が植林されており、地面には雑草がまばらに生えている。校舎の外壁はところどころ窪んだ場所があり、そこにベンチが設置されているのだ。そのベンチで柊はいつも昼食を摂っている。

潜入も今日で四日目。〝試練〟を告げられてから、すでに一週間が経とうとしている。昼休みに勝手知ったると、校門右手の芝生のスペースを我がもの顔で歩いていると、芝生に視線を落としてうろうろ歩き回っている影に遭遇した。

俺は小首をかしげる。どこかで見たような容姿だ。ふわふわしたセミロングの髪と、きっちり着こなしたカーディガンの上にブレザーの上着。下を向いてゆっくり歩きながら、時折背の高い草をかき分け、ため息をついている。近づいてみると、その女子生徒は不意に顔をあげ、はた、と視線が交錯した。

「あれ？　もしかして、ししゃもくん？　なんでこんな所に？」

それは、クラス委員の西沢だった。学校に柊の飼い猫がいることに驚きを感じているようだったが、俺にしてみれば西沢がこんな所にいることが少し驚きだ。

「にゃあ」と一声鳴くと、呆気《あっけ》にとられた表情を崩して、西沢は微笑んで見せた。

「もしかして、立花さんの後をつけてきたの？　だめだよ、学校はペットの持ち込み禁止なんだから。まあ、野良猫はよくいるから、ばれないだろうけど……」

優等生的な回答ご苦労。ところでお前、こんなところでなにしてたの？　なんか、芝生を探っていたようだけど。俺は芝生をクンクン嗅ぐように首を低くして見渡してから、顔をあげる。

「あ、えっとね。ちょっと……捜しものをしてたんだ。ししゃもくんが鼻のいい犬みたいに探せれば、協力してもらってたんだけどね」

そう言って笑う。

その時、芝生を渡って、強い風が吹き抜けた。西沢が軽く悲鳴をあげ、スカートがはためく。

風がおさまると、西沢は迷惑そうに乱れた髪を直し、ぽつりと呟いた。

「風強いね……。やっぱり、あの時……」

よくわからないが、西沢も昼休みにこんな所をほっつき歩くくらい暇なら、柊と一緒に昼飯を食ってもらえないだろうか？　にゃーにゃー言いながら、西沢の足元をぐるぐる回る。

「なに、ししゃもくん？」

「にゃー」

そうして、柊がひとりで弁当を食べている一角へ誘導しようと歩きだす。

「もしかしてどこか行くところでもあるの？　私はちょっと忙しいし……じゃあ、また」

しかし、西沢はそう言って、もと来たほうに戻ろうとする。

猫と人間の心の垣根はやはり大きいようだ。異種間交流難しい。だが、ここで引いては『柊ぼっち飯脱出作戦』が一向に進まない。なんとか西沢にまとわりついていく。

と、西沢は急に立ち止まった。見上げると、胸に手をあげながら、ゴミ集積場の前、校舎の外壁のあたりを寂しそうに遠目に見ている。

「槻谷《つきたに》……また、あんなところで……」

視線を追うと、やや小柄で、少しボサボサした髪の毛をした、線の細い男子がいる。くすんだ色のベンチに腰かけ、ぼーっと空を見ながら、時折思い出したように膝に載せた弁当箱に箸を伸ばしていた。

こちらに抜けてくるときにいつもすれ違う少年だ。ふむ、あの男子生徒もぼっち飯か。俺は少しばかり、自慢の怜悧《れいり》な知性を働かせた。

西沢はここに食事に来たわけでもないし、他の女子生徒をなんとかここに連れてきて柊と一緒に飯を食わせようとしても、さすがにその意図を察知してくれる奴はいないだろう。ならば、このぼっち男子を柊の飯仲間にできはしないか？　西沢が知っているということは、もしかしたら柊も面識があるかもしれないし、なにより現状では、他にいい手立ても思いつかない。

それならば、とにかく実行してみることだ。ぼっちボーイミーツぼっちガール。その橋渡しをやってみることに損はないはずだ。週明けから、さっそく行動してみよう。

◆
◇
◆

月曜日は、敷地内に入って、真っ先に槻谷という少年の元へ足を向けた。

弁当箱を開きかけていた槻谷は、俺の姿を見るとぎょっとしたようだが、すぐしかめっ面になって、不機嫌そうな声を出す。

「なんだ、野良猫？」

俺はあえて好意的に装い、尻尾をピンと立てながらそろそろと槻谷に近づいて、足元でかわいらしく鳴いてみせる。

「だめだぞ、あげるものなんかないんだから……あ、これなら……」

そう言って、四角く薄く切られたオレンジ色の物体を俺に差し出す。匂いを嗅いでみると、どうやらチーズのようだ。

「うにゃにゃん」

思わず声を出して、かじりつく。これはなかなかうまい。ビールがないのが残念だ。

槻谷は軽く微笑むと、俺の首のあたりをコリコリと撫でた。

「猫はいいよなあ……煩わしい人間関係もないし。孤高でさ」

そんなことをひとりごちている。

うむ、猫というのはとことん警戒されない、無条件に愛される生き物だ。学校に来てから、何度か女子生徒の集団に囲まれたこともあるが、キャーキャーと俺を取り巻いて、やたらとなにかを食わせようとされた。愛されるのはわかるが、少しウザかった。

さて、こいつをどうやって柊と引きあわせよう。思案を巡らせた時、鈴を転がしたような声がかかった。

「ししゃも？」

首を巡らせると、そこには柊が立っていた。先週は毎日柊のところに顔を出していたから、もしかしたら俺を捜し回っていたのかもしれない。

「お、お？」

槻谷の表情が途端に歪み、動作がぎこちなくなる。間違いない。こいつもヘタレだ。

「ねえ」

そんな槻谷の様子も気にかけず、柊が話しかける。

「な、なんだ？　僕になんか用？」

「あなたに用があるわけではないんだけど。その猫。私の飼い猫なの」

「そ、そうなんだ……いや、チーズをあげたらおいしそうに食べてくれて。それで、つまり、懐かれてたんだ」

「そう。でもあんまり人間の食べ物あげないで。猫の健康には悪いし、もうおじいちゃんだから」

クールに答える柊に、槻谷は少しカチンときたようだ。挙動不審ながらも、言葉が少々荒くなる。

「お、お前、立花だろ？　同じクラスの。学校にペットとか、いいと思ってるの？」

「勝手についてきちゃうのよ」

「お、おう、そうか。ところでお前、校舎裏なんかで、なにやってるの？」

「べつに。昼食をとっていたの」

「へ、へー、ぼっち飯ってやつ？　なんか悲しいね。僕は単にひとりになりたい気分だから自由に食べているんだけど」

「そう」

柊はあくまで冷淡だ。俺はその正体がヘタレだと知っているが、外向きの顔は極めてクールでドライ。またその立ち振る舞いが似合う容姿をしているから、外面的には、孤高で冷たい人間だと思われがちだろう。

「お前、ふ、不登校だったんだよな。それでなに？　やっぱ友達いないわけ？　不登校になる前も、ずっとひとりだったもんな」

少しだけ、槻谷の顔に期待がこもったような気がした。柊は、その視線を真っ向から受け止める。

「友達なんかいないよ。あなたと同じで」

「……っ！　僕は、いないんじゃなくて、その……ひとりが好きなだけだよ」

柊は俺を抱き上げて、小首をかしげた。

「知ってるよ、さっき自分で言ってたじゃん」

「あ、ああ、それならいいんだ。群れるの嫌いなんだよ。立花も？」

「私は、そういうわけではないんだけどね。最近は空気が気持ちいいから、校舎の裏で食べてるけど」

「そうか……それで、なんの用？」

「だから、この猫、私の飼い猫なの。それだけ」

柊はそう言うと、身を翻した。

だめだ。ここで帰らせてはだめだ！　なんとかして、このヘタレ男と昼飯を一緒にとらせなければ。

「にゃー！」

俺は強く鳴いた。

「ししゃも？」

柊が、びっくりしたような顔で俺を覗き込む。

槻谷はゴクリ、と唾を飲み込み、柊に声をかけた。

「なあ、お前さ、もしこれから飯なら……いや、なんでもないんだけど」

「にゃー！」

俺は槻谷を励ますように一声鳴いた。ヘタレるな、槻谷！

「……あ、その、飯、なんだけど、しょうがないから……」

よし、その態度オーケー！　情けなくはあるけど、もう一押しだ。

しかし、その発言の先を読んだ柊は、冷たく槻谷を一瞥しただけだった。

「ごめん。私、誰ともつるむ気はないんだ。たとえ、それが私と同じぼっちでもね」

「ぼ、僕はぼっちじゃない！」

槻谷の、悲鳴のような声を後にして、柊は歩きだした。

槻谷もヘタレだが、柊も頑なすぎるんだよなあ……俺はため息をついた。

火曜日。神の指令のとおりならば、期限まではあと四日。〝試練〟を告げられてからちょうど一週間が経ったが、進捗は芳しくない。

いつものように、校舎右手に回り込む。所定の位置で槻谷がぼっち飯をしていないのに気づいたが、まあそんなこともあるだろうとスルーしておく。ゴミ集積場を脇目に校舎裏に進むと、見慣れた影が目に入った。前に会った時と同じく、丈の高い草むらをごそごそやっている。

「にゃう」

声をかけると、女子生徒は文字通り跳び上がった。

「ひゃあ⁉　びっくりしたー」

「みー」

西沢だ。この前から、なにをやってるんだろうか。捜し物？　こんな所になにを落とした？

「君も不思議な猫だね。ご主人様の学校に毎日通ったり、普通の猫はしないよ？　それに、ロシアンブルーって、おとなしい猫だと思ってたけど」

そう言ってしゃがみ込むと、目を細めて俺の頭をなぞるように撫でる。

「立花さんの家に通っていた時も、私になにか言いたがってたようにも感じたし。まあ、そのおかげで、立花さんと仲良くなれたんだけどね」

「私がどうしたの？」

リン、と鈴を鳴らすような声がほんわりした西沢の声に続いた。

「ひゃああ⁉」

再び跳び上がる西沢。忙しいな、おい。

「た、立花さん。どうして……？」

どうしてこんな所に？　という意味だろう。いつも柊がぼっち飯してる所とは、少し離れているし。そうだよな、こいつ、昼休み中俺のこと捜し回ってるの？　ストーカー？

「少し歩いてたら、ししゃもの鳴き声が聞こえたから」

「あ、そ、そうなんだ？　これからお昼？」

「うん。少し遅くなったけど。それじゃ。ししゃも、おいで？」

俺は逡巡《しゅんじゅん》して、西沢の足元にまとわりついた。柊はそんな俺を見ると、ため息をついて踵を返した。

「まあ、いいや。なんか最近よく来るから、いないと不安になるの。それじゃね、西沢」

「あ、うん」

西沢は曖昧に微笑んで、手を小さく振った。

柊が去ると、再び草むらをガサゴソしだす。なんとかうまいこと西沢とも昼食をとらせる選択肢を残せないものか。でも、西沢、弁当とか持ってきてないし。俺は頭を捻る。

「立花さん、お昼、ひとりきりなのかな？　私、誘ったほうがいいのかな？」

しばらくして西沢がひとりごちる。おお？　それだ！　まさにそれ！

「にゃあ」

俺はすかさず一声鳴いて、意味ありげに柊が消えていったほうを見た。

西沢がきょとんとしてその視線を追うのを見計らい、そのまま、しゃがんだ状態の西沢のスカートに噛みつき、その方角へ引っ張る。体勢を崩しかけて、西沢は焦ったような声を出した。

「ちょ、ちょっと？　ししゃもくん？」

転げようがどうしようがかまったことかとばかりにぐいぐい引っ張る。

「もー、わかった。待って」

「なー」

立ち上がった西沢は、俺の誘導で、柊のぼっち飯スポットに向けて、とことこ歩きだす。

俺はそのまま、西沢を振り返りつつ、ついてきていることを確認しながら先導する。

ここだ。ここの陰のベンチで、柊はいつも寂しくひとりで飯を食っている。

「あ……」

しかし、さらに進もうとして、西沢と俺は柊以外の人物の影を目撃してしまった。

ベンチに腰かける柊に、弁当箱を持った槻谷が、やや緊張した面持ちで突っ立って、身振り手振りを交えながら話しかけている。

すると、なにかまずいものを見てしまったように、ふたりに気づかれないようにとっさに西沢が隠れた。俺も、流れに任せてふたりに見えないところに身を潜める。ふたりの会話が聞こえてきた。

「立花、お前、僕のこと勘違いしてないか？　たしかにひとりで飯食ってるけど、それはクラスからハブられているからってわけじゃないんだ。そ、その、お前と違ってな。お前、不登校だったから、クラスから浮いてるだろ？」

うわずった槻谷の声に、柊が長いため息をつくのがわかった。

「そんなの、前からだし。そもそも誰とも仲良くするつもりもない」

「そ、そうだよな。友達と食事までつるまなきゃいけないなんて、ダサいよな」

「だから、そういうわけじゃないけど」

「ま、まあ、僕はそう思うってことだよ。そもそも、友達っていうのはさ……なにがあっても裏切らない、ずっとそばにいる奴のことだろ。それ以外は偽物だし」

その言葉を聞いた時、西沢が俯《うつむ》くのがわかった。見ると、西沢は拳をきつく握っている。

柊の呆れたような声が、槻谷に冷水を浴びせかけた。

「弁当箱握りしめながらなんの話？」

「あ、いや……」

槻谷は気まずそうに右左を見て、顔を紅潮させる。

「そのな、お前と僕、価値観が似てると思って、それで……」

「それで？」

「そ、その、よかったら、昼飯とか、一緒に……」

お⁉　槻谷、とうとう勇気出したか！　そうだよな、つらいよな、ぼっち飯。同じ境遇の仲間は助けあう。麗しき友情だよな。

ところが、そう賞賛しかけた時、槻谷の言葉に火をつけられたように、西沢がふたりの前に躍り出た。

「あ、あっれー、ふたりとも、こんなところでお昼食べてるのー？」

「に……西沢さん、なんでこんなところに？」

突然の西沢の登場に、槻谷が舌をもつれさせながら驚愕の声をあげる。

西沢はセミロングの髪の毛先を指でをくるくると弄《もてあそ》びつつ、視線を逸《そ》らした。

「あ、ああ、ちょっと用があってね。ふたりとも、こんなところで食事？　か、悲しいなー。寂しい同士の馴《な》れあいとか？」

「き、君には関係ないだろ？」

「関係ない……？」

西沢の声に、わずかな怒気がこもったような気がした。

「そ、そうだよね。私なんか関係ないよね」

「そうだよ、君なんて……」

「女の子を昼ご飯に誘うとか、槻谷らしくない。クラスじゃ孤立してるくせに！　立花さんがまだクラスに溶け込めてないのを狙うなんて、キモいよ」

「そ、そこまで言う？」

「ね、ねえ、立花さん、槻谷なんかと関わらないで、私たちと一緒に食べよ。こんなぼっち、放っておいてさ」

おお？　二転三転して、そんな展開に？　やったぜ、柊、これでぼっち飯卒業だぞ！

だが、その誘いに、今度は柊が眉を顰《ひそ》める番だった。

「なに？　私が誰と食事をしようと勝手でしょ」

またしても柊の外向きにはとことん強気な性格が顔を覗かせる。しかも斜に構えているというか、なんか孤立を好むキャラクター。内面ヘタレなくせに。

「あ……あ、そう。それならふたりで、仲良くしてればいいじゃない」

西沢は捨てゼリフのようにそう言ってふたりに背を向けた。

「あ、な、なんというか」

槻谷が、キョドリながら頭を掻く。

柊は髪を耳にかけて、すーっと肺に溜めた空気を大きく吐いた。

「お弁当」

「は？」

「昼ご飯、食べるんでしょ？」

え？　逆転に次ぐ逆転で、そういうことになったの？　槻谷が哀れに見えちゃった？

柊も世話焼きな面があるからな。なんだか展開が急すぎて理解が追いつかないけど、これでミッションクリア？

槻谷は、一瞬喜色満面になったが、すぐにそれを片手で隠して、何気ないふうを装う。

「ああ。なんていうの？　たまには人と食べるのもいいかなってな。そう思うよ」

「ここ、座りなよ」

柊が座っていた、ベンチをポンポン、と叩く。

「ああ、ありがとう」

槻谷は、挙動不審な動きながらも、わたわたとそこに座る。

そして、弁当の包みをほどく。それを確認して、柊も弁当の蓋を開けた。

よし！　やったぜ！　とうとうこれで、柊もぼっち飯卒業だ！

「それじゃ、いただきま……」

柊が箸を構え、槻谷がそう言おうとした時。

キーンコーンカーンコーン。

と、無情にも昼休みが終わる予鈴が鳴った。

なんで？　なんでこうなるわけ？　神は俺を見放した？　いやはじめからそうだよな。

あの神の野郎！　どこまで性根腐ってるわけ？

俺は呪詛《じゅそ》の声を吐くよりなかった。


その夜、柊の部屋でのこと。

「ししゃも～」

うん、わかってた。君の本質はこっちだよね。っていうか顔押し付けてきて俺を吸うな。

「西沢の誘い、断っちゃったよー。ぼっち飯って、やっぱりつらいのに」

あ、やっぱりつらかったんだ？　それならそこから卒業できるようにちょっとは努力しようぜ？　人の好意を素直に受け取ることって、大事だからな？

「でも、槻谷くんを見捨てるなんてだめだよね」

いや、見捨てろよ。お前の矜恃《きょうじ》など知ったことか。俺は猫にはなりたくない。

「でも、そもそも西沢、なんで校舎裏にいたんだろうね？」

そういえば、西沢はなにかを探しているようだった。

「それに、西沢が槻谷くんと話す時って、他の人と態度が違うような気がする。なんか、遠慮がないというか、ぶっきらぼうというか」

まあ、それは俺も感じた。なんだか、今回は謎ばかりだな、西沢。

「かといって、あんまり深入りしたくないしなあ。ねぇ、ししゃも～」

だから腹に顔を押し付けるな。吸うな。

「でも、明らかに槻谷くん、痛々しいもんね。明日は少し話を聴いてみようかな……」

「ぬー」

まあ、それもいいんじゃない？　それにしても、意外と柊ってお節介すぎるところがあるんだよな。もしかしたら、西沢と同類なのかもしれない。

とにかく、期限まであと三日しかないんだ。せいぜい頑張って動いてくれよ、まったく。

翌日の水曜日。人目につかないように敷地内をうろついていた俺が昼休みにいつも柊が弁当を食べている場所に馳《は》せ参じると、当然のように柊は言った。

「行こうか、ししゃも」

槻谷が定位置にしているゴミ集積場前のベンチまで行くと、槻谷はどことなく肩を落とし、やけに憔悴《しょうすい》した顔をしている。

柊も異変を感じたのだろう。訝しそうに槻谷に尋ねる。

「なにかあったの？」

「いや、なんでもないよ」

「ふーん」

柊は槻谷の左隣に腰をおろした。

「そういえば……槻谷くんって西沢と、どんな関係？」

槻谷はなにを口に含んでるわけでもないのに、ぶっと吹き出した。

「か、関係なんかないよ」

「昨日はそうは見えなかったけど」

「ただの幼なじみだよ……」

柊が、「あー」と頷く。

「幼なじみにまで、ぼっちだって言われちゃったね」

「僕はぼっちなんかじゃない！」

「そう？　私はぼっちだよ」

「簡単に言うんだな」

「そりゃね。事実だし」

槻谷はクールな態度の柊に顔をしかめたが、次の瞬間にはふっと笑って、大きく息を吐き出した。

「変わってるよな、立花って」

「そう？」

「そうだよ」

そう苦笑して、槻谷は語りだした。

「僕さ、中学の時、ぱっとしなくて、目立たなかったから。……高校デビューしようと思ったんだ」

そうして、ぎゅっと拳を握る。指が白くなって、少し震えていた。

「でも、最初の自己紹介で滑っちゃってさ。挽回しようとして、たくさんの奴らにハイテンションを装って話しかけたけど、空回りして。痛い奴と思われてみんなが遠ざかっていって、それからはぼっち認定されて。結局、それからはやることなすことを笑われて、学年が変わっても、ぼっちからは卒業できないんだよ」

「……そっか」

「僕にはそんな自業自得の過去があるけど、立花は単なる不登校だろ？　どうして友達の輪の中に入ろうとしないんだ？」

「知ってるでしょ？　不登校以前から友達の輪には入れてないよ」

「でも、今は西沢さんだって、仲間に入れてくれるって言ってたじゃないか」

柊は肩をすくめ、頷いた。

「実は昔ね、私、お節介を焼いて、自分だけの正義を振りかざして、人を追いつめちゃったんだ。相手の都合も考えずに自分勝手にね」

そう言って、沈痛な面持ちで俯く。

「だから、私に友達なんて作る資格は、ないんだよ」

「よくわからないけど……」

「わからないほうがいいよ。きっとね」

柊は遠くを見るような目で、吐き捨てるように断言した。

しばらくふたりの間には無言の時間が流れたが、柊が沈黙を破る。

「昼ご飯、食べないの？」

槻谷が、決まり悪そうな顔をする。

「それが……弁当、忘れてきちゃって」

「呆れた。だから憔悴した顔してたんだね」

柊は、硬く固まっていた表情を崩す。

「うるさいな」

口をとがらせる槻谷に、柊は自分の弁当箱を押し付けた。

「ん」

「え？　なに？」

「私のお弁当あげる」

「え、だって、立花は？」

槻谷は意味がわからない、と言うようにうろたえる。

「私、ダイエット中だから」

「で、でも」

「ん！」

むりやり弁当箱を槻谷の手につかませ、ひとつ微笑むと、柊は立ち上がって校舎の表のほうに向かっていった。

「な、なんだ、あいつ……？」

槻谷は動揺を隠せないでいた。柊がいかにお節介焼きだからといって、そりゃ、あまり知らない女の子に弁当をもらったら、動転しない男のほうが珍しいよな。

そんなことを思いつつ、俺は内心でため息をひとつ。

なぜお前は、弁当を分け合って一緒に食べようとしないのだ、柊。

「あー、この弁当箱どうしよう」

なんだかんだできっちり弁当を食べきった槻谷がぼやく。

知るかよ、こちとらリミットが迫っているのに肩すかしばっかりで、精神が荒ぶってるんだ。タイムリミットまで今日を含めてあと三日。実質あと二回しかチャンスがないのに、この槻谷も、空振りを繰り返す西沢も、意固地すぎる柊も。なんなの、最近の若い奴らって？

「とりあえずまだ休み時間あるな。教室戻ると面倒くさいんだよな。席で寝たふりするしかないし」

槻谷はぼーっとなにか思案を巡らせたようにしたあと、俺の頭を一撫でした。

「そこら辺、歩くか」

槻谷は立ち上がると、ケヤキが植林されているほうへ歩いていった。

「お前のご主人、前になにかあったの？　同じクラスだった西沢さんならわかるのかな」

いや、それも知らんけど。柊の過去なんかより、重要なのは今。現在。過去に生きるのはやめようぜ。ついでにぼっち飯もやめようぜ。俺のために。

「この弁当、特別な意味とかってないよな……？」

うん、単なる柊のお節介だと思う。柊の恋愛遍歴を知っているわけではないが、普段見せるあのヘタレぶりから言って、彼氏がいたとか、そういう経験はなさそうだ。

と、俺の鋭い視覚が草むらの中でキラリとした光が反射するのを捉えた。

なんだろう？　不思議に思ってとことこ近づき、その正体を見る。

それは、透き通った黄緑がかった色でややいびつな楕円を描いている石だった。なんていったっけ？　そうだ、かんらん石だ。

「なにかあったのか？」

槻谷が覗き込んできた。石に気づくとそれを取り上げる。

「これ……」

槻谷が固まる。

よくよく見ると、ペンダント状にされているが、チェーンが切れている。誰かの落としものだろうか？　と、考えて、ふと心当たりに行き着く。

もしかして、西沢が探していたのは、このペンダントではないだろうか。

「にゃあ」

槻谷に声をかけると、呪縛から解き放たれたかのように、びくり、と反応した。

「ああ、なんでもないんだ」

そう言って、槻谷は苦みのある表情になり、ひとつ嘆息する。

「そっか、捨てられたか。だからあの時、憎まれ口を……」

「にゃう？」

槻谷は俺を見下ろすと、少し寂しげに微笑んだ。

「もう、関係ないよな。ただのゴミだよ。俺みたいな……ね」

どういう意味だろう？　表情に込められた意味を理解できないまま、そのペンダントを捨てに行くのであろう槻谷の背中に、俺は「にゅう」と、曖昧に返すことしかできなかった。


翌日は朝から太陽の恵みがない曇天で、今にも泣きだしそうな空模様だった。湿気がひげにピリピリきて、不快なことこの上ない。

昼頃を見計らって、またしても学校の敷地内に忍び込む。そして、柊のいつもの食卓へ向かうが、今日は姿が見当たらない。ついでに言うと、槻谷の姿も見かけなかったが、まあ、とりあえずは柊だ。

どこに行ったんだろう？　あてどなく校舎を回り込むように歩いていると、柊と西沢が人通りのないバスケットボール用の屋外コートの近くで、向かい合っている。

今時女同士の決闘でもなし、どちらかが呼び出したのだろうか？　柊に用はないはずだし、呼び出したとしたら西沢のほうだろうな。思案を巡らすと、まさにそれを裏づけるように西沢が口を開いた。

「来てくれてありがとう、立花さん」

「なに、用って？」

「その……前にも言ったけど、立花さん、私たちと一緒にご飯食べない？」

おお⁉　再び西沢からの誘い？　今度は捻くれるなよ、柊？

素直に好意を受け取って、ぼっち飯から脱出するんだ。

「みんないい子だよ。それで、立花さんがみんなと、友達になれたらなって」

「でも、私は……」

「あ、わかるよ。去年と同じクラスの子もいるもんね。だから、入ってきづらいかもしれないけど……」

柊がまた口ごもる。また出てきた〝去年の出来事〟。いったい、柊になにがあったのだろうか？　柊は、なにをした？　……まあ、とにかく今はそんなことどうでもいいから、頷けよ、柊。お前はただ、イエスと言えばいい。

「そんなんじゃないよ。でも、私はもう、人と仲良くしちゃいけないと思う」

「そんなことを思っていると、どんどん孤立しちゃうよ」

「そう言う西沢のほうこそ、私なんかに関わってると、去年の私みたいになっちゃうよ」

「あの時とは……助けられなくて、悪かったと思ってる。だから、ね」

「去年のこともあるけど、いまだにクラスになじめない私なんかと付き合ったら、西沢に迷惑がかかる。そんな権利、私にはないよ」

「そんなことないよ」

「だって、私、西沢と特別親しかったわけじゃないし」

「だから、これから仲良くなればいいじゃない。私、立花さんのこと好きだよ」

朴訥《ぼくとつ》に発せられたその言葉は、不意打ちを食らわせたかのように柊の頬に朱を注ぐ。柊は気を取り直すように、肩で息を吐いた。

「わかった、正直に言うよ。私、怖いんだ。人と深く関わって、去年のようなことになるのが。私は勝手な人間だから、人とうまく関われない。人と関わるのが、怖いの」

「そんなことないってば。だって、あの時、立花さんは……」

「そんなこと、あるんだよ。私の中では、あのことはまだ終わってないの」

なんでなの柊？　人と一緒に飯も食えないくらい、そんな大きなトラウマがあるわけ？

「あのことがあってから、立花さんがクラスメイトと距離を置いてるのは知ってる。今までも、知ってて、それでも声をかけられなかった。ごめんね、でも……」

「ごめん。もちろん、去年みたいなことがまた起きるなんて思わない。でも、人と関わって、また失敗することが、怖くて」

柊は少し俯いていた顔をあげると、ぎこちないながら笑顔を見せた。

「それより、槻谷くんをどうにかしてあげて」

「え？　な、なんで槻谷？」

「あいつも、苦しんでるから」

「でも、なんで私が……？」

そう言いつつ、下を向いた西沢の顔は真っ赤になっている。わかりやすいな、おい。

「幼なじみなんでしょ？　それに、西沢にはあいつを救える人望がある」

「それは、無理だよ。私が声をかけたりするのと、立花さんが、槻谷と食事とかをするのとは……私にとって、意味が違うから」

柊は、わざとらしく肩を竦めてみせた。

「槻谷くんと、私が一緒にいてほしくないいんだよね」

「そんなこと！」

西沢はきっと顔をあげて、弾《はじ》けるような声を出した。

「わかりやすいね、西沢は」

赤面して否定する西沢に、柊はふっと微笑む。

「私は大丈夫だから。心配してくれてありがとう」

いや、ぜんぜん大丈夫じゃないんだが。とくに、俺が。槻谷と西沢の間を取り持ったって、お前、ぼっち飯から解放されないじゃん。なんで自分のことは後回しにしてお節介を焼くわけ？　そんなのぜんぜん良くないから。

西沢は、大きくため息をついた。

「強情だね、立花さんは」

「ごめん」

「ううん」

「それじゃ、私、行くから」

柊が身を翻すと、西沢が不意に、待ったをかけた。

「そ、そういえば、立花さん！」

「ん、なに？」

「ほ、ほら、立花さんって、校舎裏によくいるでしょ？　だから、もしかしてこの辺で、なにか見つけなかった？　ペンダントみたいなの」

柊は形のいい顎に手を添えると、軽く首をかしげた。

「知らない。大切なものなの？」

それを聞くと、西沢は少し残念そうに微笑んだ。

「うん、ちょっとね。……大切な人からもらった物なの」

柊が首を振ると、「そう……」と、西沢が踵を返す。ほどなくしてどこかへ去っていく柊をぼんやり眺めながら、俺は西沢の言葉を頭で反芻《はんすう》していた。

ペンダント？　それって、昨日の……？

考えるんだ、俺。

キーワードは、槻谷、西沢、柊、ペンダント。

西沢の言うペンダントというのは、おそらく昨日見つけたかんらん石のペンダントに違いない。そして大切な人、というのは、考えるまでもなく槻谷だ。

柊は西沢の厚意を受ける気はない。対して、槻谷との仲は客観的に見ても進展してきている。それならば、無駄に場を引っ掻き回して、槻谷と柊が一緒に昼飯を食うのを邪魔しなければいいのではないだろうか？

　しかし、たった今の会話から、柊の性格のことだ、西沢に気を遣って、今後槻谷との接触を控えることは大いにあり得る。

　ならば、どうすればいいか？

　まったくのお手上げだ。今から他の人間を介入させようにも、時間がない。万策尽きたとはこのことか。

　待てよ？　もし、ペンダントが見つかったのなら。それも、柊が見つけたとしたら。

　当然、西沢は感謝するだろう。柊と心から〝友達〟になりたくなるに違いない。

　その時、柊が、なおも突っ張っていられるか？

　いや、強気に振る舞っているが、柊の本質は気の弱さにある。不登校の時、柊を引っ張り出したのも西沢だし、今回も強く押せば、あるいは自分の考えを改めるかもしれない。

　というか、その可能性は高いかもしれない。ぼっち飯、つらいって言ってたし。

　だが、柊が言っていた「友達になる資格」というのも気になる。

　ともあれ、俺が縋りつくしかないのは『かんらん石のペンダント』だという答えに行き着いた。

　しかしあれは、昨日槻谷がゴミ集積場に捨ててしまった。ゴミを漁《あさ》るか？　あの膨大な数のゴミ袋の中から？

　そこまで考えて、なにかを忘れていることに気づいた。

ゴミ。ゴミはゴミだから、当然廃棄される。廃棄されるのは所定の曜日。それは何曜日だったか？

月曜日。確か、月曜日だったはずだ。そして、その次の廃棄の曜日は……？

背筋を氷塊が滑り落ちた。

木曜日！　そうだ、今日だ！

ペンダントは、今日の夜、廃棄される。俺ひとりで今から探す？　絶対に無理だ。それならどうする？

協力者だ。柊か、槻谷か。どちらかの手を借りる。

だが、どうやって？

俺は今、残念ながら矮小《わいしょう》な猫という存在なのだ。

非力で、無力で、言葉もしゃべれない。こんな体では、どうすることもできない。

せめて、言葉が使えれば、こんな簡単な問題すぐに片がつくのに。でも、俺に言葉はない。筆談でもいい。ツメで引っ掻いて言葉を書く？　ばかな、そんなことをすれば、俺がしゃもではなく、『明智正五郎』であることもばれてしまう。たとえ人間に戻るチャンスを使うとしても、俺がかんらん石のことを知っていたら不自然だ。

なら、俺が猫のまま、猫がやったと特定されなければいいのか？

夏場によくある不思議体験の一コマ。不思議で不可解な、でも原因は特定できないようなーー。

そこまで考えて、不意に俺の脳神経がスパークした。

そうだ。取れる手段はある。

俺は急いで学校の敷地の外へ出ると、柊の家まで突っ走った。

学校から柊の家に戻ると、玄関脇の部屋の縦格子に飛び乗り、サッシを前足でいそいそと開いた。空いた隙間に体を滑り込ませる。ひとつひとつの動作が、どうにももどかしい。

外廊下に面した部屋を出ると、廊下を進み、リビングのL字型のドアノブにジャンプして入り口を開け、隅に置いてあるデスクの上に載せられたデスクトップ型パソコンの前まで移動した。

後ろ足二本立ちになって、電源を入れると、カリカリとハードディスクを読む音がして、ディスプレイが青い光を放つ。

俺はマウスを器用に操作すると、メールソフトまでカーソルを移動する。

猫パンチでダブルクリックしてメーラーを起動させ、新規メールにアドレスを入れる。

アドレス帳から柊のスマホの宛名が検索できたのは僥倖《ぎょうこう》だった。もっとも、そうであろうことは計算した上での行動なのだが。

そうして、一文字一文字、カタカタとキーボードを叩き、短い一文のメールを作り上げた。

To:hiiragi_sumaho@xxx.xx.xx
件名　（なし）
『西沢が捜しているペンダントは、ゴミ集積場にある。急げ』

そして、その日の放課後。俺が学校に戻ると、柊はガサゴソと、ゴミを漁っていた。

俺の姿に気づくと、柊は口をへの字に曲げて見せる。

「なんだろうね、ししゃも。自分の家から自分宛に、メッセージがきて。絶対家族の誰かからじゃないし。しかもそれを信じて。なにをやってるんだろうね、私？」

柊はそう言いながら、うずたかく積まれたゴミ袋をひとつひとつ開けていく。中身を覗いたゴミ袋は右側に投げていくのだが、いかんせん探しているものが小さい上にゴミの量が多い。右側のゴミ袋の四倍近くが、いまだゴミ集積場に鎮座《ちんざ》している。

柊は息を吐くと、少し背中を反らして、腰のあたりをトントンと叩く。

「まだまだだよね」

そう言って気合いを入れると、再び未着手のゴミ袋に手をかけた。

「立花……なにやってるんだ？」

その時、俺たちの背中から声をかけてくる影があった。

槻谷だ。下校するところなのだろう、鞄を手にしている。

「あなたこそ、なにしに来たの？」

そうだよ、なんでこんな所に来ちゃってるわけ？　こんなの計算してないぞ？　え？　もしかして、応援とか？

槻谷は困ったように頭を掻くと、鞄から小さな楕円形の箱を取り出した。

「探してたんだよ。借りていた弁当箱洗ってきたのに、今日の昼休み、いなかったから」

「そう。別に今日じゃなくても良かったのに」

そうツンケンせずに手伝ってもらえよ、柊。なんでお前はそう、外面ドライなの？

しかし、そんな柊の態度にも慣れてきたのか、槻谷は平然として尋ねる。

「なにか探してるのか？」

「べつに。西沢のなくしもの」

「……西沢さんの？」

「そ。お弁当箱はそこに置いておいて」

柊はクールに言い放つと、再びゴミの山に向かった。

槻谷は、柊の捜しものがなにかわかったようだ。「あっ」と口を開きかけ、すぐに噤《つぐ》む。

不意に、俺の頭に一粒の水滴が当たった。　おや？　と思うまもなく、それは無数の鈍《にび》色《いろ》の糸となり、俺たちに降り注いでくる。

「お、おい、雨降ってきたぞ？」

「そうだね」

ゴミ集積場には屋根がないため、冷たい水滴がそのまま直撃するのを免れない。しかし、柊は首を竦めただけで、新たなゴミ袋を開けるのをやめようとしなかった。

そんな柊を見て、槻谷はぐっと唇を噛んだ。

「なんでそこまでするわけ？」

「西沢が、大切なものだって言った」

「大切？　大切なもんか。ゴミ溜めにはゴミしかないんだよ……僕たちみたいに。もう、やめろよ」

柊は重そうなゴミを持ち、バランスを崩して尻餅をついた。

槻谷は一瞬手を差し出しかけたが、踏み出そうとした足を引っ込めた。

「やめろよ。それ、僕が捨てたんだよ。もともと価値のあるものじゃないし、今言ったように、ゴミはゴミ。ガラクタだ。それ以上には、なれないんだよ」

立ち上がった柊は、無言でゴミを漁る。

その長い髪が水分を含み、重々しく乱れ、額には前髪がぴったりと張り付いていた。

「もう、やめろ！」

柊の動作が止まった。

しかし、それは、決して槻谷の言葉に従ったわけではなかった。振り返った柊の瞳には、固い意思を秘めた光が見て取れた。

「やめない。それでも、そのどうしようもないガラクタを、大切に思っている人はいるから」

そう言って、柊は柔らかく微笑んだ。

「大切だと思うものなら、手放しちゃいけないんだよ。きっと」

槻谷は、その言葉にしばしの間、呆《ほう》けたように見えた。

柊は、そんな槻谷に軽く頷くと、ゴミ漁りに戻る。

「ばかだな、立花は」

「そう思うよ、私も」

もはや振り返りすらしない柊に、槻谷は大きくため息をついた。目を閉じて、次に静かに開くと、制服の袖をまくる。

「……僕も、手伝うよ」


夜も七時を回る頃には、雨はあがった。

柊は街灯に頼りなく照らされた道を歩くと、一軒の瀟洒《しょうしゃ》な二階建ての家の前で立ち止まり、インターフォンを押した。その足元で家人を待つ間、俺は毛皮に残った水分を、体を震わせて飛び散らす。

「立花です。西沢さん、今、出てこられる？」

「え？　立花さん？　ちょっと待って！」

しばらく時間をおいて、西沢が姿を現した。そして柊を見て、ぎょっとしたように目を見開く。

「ど、どうしたの、立花さん？　びしょ濡れじゃない。それに、そんなに汚れて」

　その眼前に、柊はかんらん石を差し出した。

「これでしょ、捜してたペンダント」

「え？　う、うん！　これ！　でも、どうして……？　もしかして、雨降ってたのに、捜しててくれたの？」

　啞然《あぜん》として口をぽかんと開いた西沢だが、すぐに自分を取り戻し、慌てて言った。

「ちょ、ちょっと待ってて、バスタオル持ってくるから！」

「いいよ、もう帰るから」

「でも！」

「いいの」

　そう言って頷くと、柊は踵を返す。

「でも……、た、立花さん！　その、ありがとう……」

　柊は西沢に背を向けたまま、首を振った。

「別に。借りを作ったままにしたくなかったから」

　そういって、首だけ振り向いて、淡く微笑む。

「槻谷くんも、必死で探してくれたんだよ」

「え？　なんで、槻谷が……？」

「さあ、なんでかな？」

柊は、それまでとは違う、いたずらっぽい笑顔になった。

「大切な人からもらった、大切なものなんでしょ？　槻谷くんにも感謝しといて。西沢の家を教えてくれたのも彼だし」

西沢は顔を真っ赤にしながらも、胸にペンダントを抱いて、こくんと頷いた。

「ありがとう」

「別にいいよ」

クールに言う柊に、思いきったように、西沢が再度声をかける。

「ね、これで私たち友達だよね？　ここまでしてくれたんだもん。去年みたいに……私は絶対あなたを裏切らない。裏切られてもかまわない。だから、明日の昼食だけど……！」

西沢！　そうだよ、お前ってそういう娘だよな。あと一押し、一押しなんだよ。

お前の言うとおり、ここまでするんだから、柊だってお前のことを友達だと思っているんだ。だから、そんな友達の強い誘いを断るほど捻くれては……。

「ごめんね、遠慮しておく。そのために捜したんだと思われたくないし」

待て。なぜそこまで頑なに捻くれているんだ、柊。

今までのことがすべて水泡に帰したことを悟らされた俺は、心の中で絶望の叫びをあげた。

◆◇◆

まどろみの中を、泳ぐ。胎内にいた時のような温かさとともに、ふわふわとした浮遊感が全身を包んでいる。というのが、猫になってから、いつも寝てる時の感覚。

だが、今日はひどく寝苦しい。背中あたりにゴツゴツと硬いものが当たり、身をよじってはぼんやり視界に天井らしき影が映る。

不快さに耐え兼ねて寝返りを打つと、頭の後ろと背中に硬いものが激突した。イタタ……と鈍痛を感じつつ、ぼーっとしながら打った頭を手で押さえる。

どうやら、布団からはみ出た頭とフローリングの床が衝突したらしい。

そうやって、頭をさすっているうちに、不意にかゆみを覚えて頭をガリガリ。大きなあくびをつくと、なんとはなしに、頭を弄《いじ》っていた手を眼前に晒《さら》す。

手。男性にしても、やや大きめだろう。とはいえ、ゴツくはない。事務仕事で荒れてはいるが、むしろスラリとしている。「男のくせにきれいな手をしている」と言われたこともあるくらいだ。

……手？

「お？　おおお？」

俺は叫んだ。きちんとした人間の言葉が自分の耳朶《じだ》を打つ。

全身をパンパンと叩き、その存在を確認する。１ＤＫの手狭な散らかった部屋。ワイシャツは雑に脱ぎ捨てられ、ビールの空き缶がそこかしこに転がっている。部屋の隅の机には、デスクとノートパソコン。吊《つ》るされた、よれたスーツ。

「本当に、人間に……戻ったのか……」

それにしても、俺が猫の間、この体はいったいどうなっていたのだろう？　そして、なんでパジャマ姿なのだろう。

首を捻ると、キンッ、と空間がきしむような耳鳴りが聞こえ、壁掛け時計の秒針が止まる。眉を顰める暇もなく、聞き慣れた声が聞こえてきた。

「願いどおり、窮鼠《きゅうそ》と化したお前をいったん人間に戻してやった。さて、久しぶりの人間の体はどうだ、明智よ？」

予想したとおり、神の登場だ。

「お、おう……まあ、やっぱり人間の体だよな。こっちのほうがしっくりくる」

「今日が約束のタイムリミットだ。まあ、せいぜいあがいてみるがいい」

「ああ……って俺、玄関でぶっ倒れたと思ったけど、なんで布団の中で寝てるの？」

「神にかかれば、体を動かすことなど造作もない」

「ということは、俺、魂抜けた状態でスーツ脱いで着替えて、布団まで敷いて寝てたってこと？　肉体の自動操縦怖いって！　想像すると、すげぇシュールだわ！」

「それだけではない。ずっと寝ていても、体に支障が出ないような能力を付与してある」

「それって何気にすごい能力だよな！　寝る以外に役立たないのが残念すぎるけど！　そ

うだ、会社は？　俺の社会生活はどうなってるの？」

「心配するな。会社にはきちんと電話しておいた。『やっほー、明智父だけど、息子、ぶっ倒れて自宅療養。しばらく出社できねーよ、残念だ』とな」

「なに言ってくれちゃってんの？　そんなこと言ったら首だよ、俺？」

「心配するな、私は神だ。お前の上司の記憶操作などたやすい」

「なら、もっとホワイトな会社に勤めさせてくれれば良かったじゃん？　お前、神なんだろう？　なんで俺の人生につらく当たるの？」

「神とは、人間の生活に不相応に介入してはならんのだ」

「充分してるじゃねぇか、俺とか柊とか！」

「人間に戻れるチャンスはあと二回。もっとも、そのチャンスがあればだがな」

「……作ってやるさ。俺は、まだ諦めない」

「明智よ」

「なんだよ」

「くだらないことを話しあっている時間が、お前に残されていると思っているのか？」

「ああ、もう！　わかりました！　わかりましたよ！」

「おまけだ。教えてやろう。柊はいつも学校をサボっている公園にいる」

会話が途絶え、俺は枕元のスマホを確認する。

午前十時十五分？

神の言うとおりなら、柊は今頃公園か……？

ここから、今から行って間に合うのか？　畜生！

本当に俺の人生って、なんでいきなり波瀾万丈《はらんばんじょう》になっちゃったの？

……まあ、猫生のほうも、それはそれでハードモードなんだけどな。


俺は全力で走っていた。俺の自宅から、柊の家や学校までは思ったより近く——というか隣町だったのだが、柊の通学路からは少し外れた場所にある大きな公園まで足を延ばすには、電車では不便な上、バスも通っていない。

そして俺は車の免許どころか、自転車すら持っていなかった。家と会社への行来と、帰り道に寄るコンビニが俺の生活圏のすべて。それさえあれば生きるには事足りていたからだ。

走っている途中で、よく考えればタクシーを使えばいいだけの話だと気づいたのだが、その頃にはすでにタクシーの捕まえにくい住宅街に差しかかっており、ただただ己《おのれ》の迂闊《うかつ》さを呪うばかりだった。

十月も終わりに近くになると、秋晴れとはいえ、ややひんやりとした気候になってくる。

俺はぜいぜい言いながら、目指す公園に辿り着き、入口に置かれた、大理石造りの『第三《だいさん》長谷田《はせだ》公園』と書かれた石に手を置く。息を整えようとしたが、喉がヒューヒュー鳴るだけだった。走ってきた汗で微妙に肌に張り付いた、ジャケットの下のシャツが体温を不快に奪う。

早足になって、広い公園の中央辺りにあるベンチまで進んでいった。

三脚並んだ長いベンチの一番奥の端。高いナトリウム灯の下にあるその場所に、制服姿の、華奢《きゃしゃ》で、髪の長い、見覚えのありすぎる少女を見つけた。

「よ、よう……」

声をかけようとして、疲労に押しつぶされた俺は声を失った。

「え？　な、なになに？」

訝しげに振り返った柊が、明らかに怪しい俺を見て後ずさる。躊躇せずに声をかけてしまったが、考えてみれば見ず知らずの女子高生に声をかけるおっさん。不審者以外の何者でもない。

それにしても。死ぬ。人間の姿でこんなに走ったのかなり久しぶりだもん。充分死ねるわ。額の汗を腕で拭いつつ、遅まきながら平静を装おうとする。

「こ……こ……こ」

「は？」

「……いや、ここ、いいか？」

柊とは反対方向のベンチの端を指さし許可を乞う。

「そりゃ……べつにいい……けど。おじさん、どうしたの？」

「日課のランニングだ」

「……トレーニングウェアでもない、私服姿で？」

「気にするな。人には事情というものがある」

「……まあ、べつに詮索しないけど」

なんとか息を整え、柊と同じベンチに腰かけた。さて、どうするべきか。そもそも、今の今になって気がついたが、柊を説得する材料など、俺は持ちあわせていなかった。話を切り出すタイミングをつかめないまま、しばし、ぼーっとする。

すると、「にゃあ」という声とともに、俺の足元に猫がじゃれついてきた。ほほう、これが俺が憑依していない、〝生ししゃも〟か。この状態で柊につき従っているということは、元のししゃもも、かなり柊に懐いていたのかもしれない。学校に行った時も、柊はなんだかんだですんなり受け入れてくれたし。

ただ、こうして本来の姿を見てみると、少しばかり元気がない。痩せているように見えるのは、老いている証拠だろうか？

まあなんにせよ、ナイスアシストだぞ、ししゃも。

「この猫、君の？」

「ん……？　うん、ししゃも」

「そうか、猫というのはなかなかかわいいな」

「うん、なんか今日は元気があんまりないみたいだけどね。最近元気だったんだけど」

「ふーん。それで、体力作りにトレーニングかなんか？　学校フケて」

「ししゃもはおじさんみたいにランニングできる歳じゃないよ。まあ、おじさんもかなり苦しそうだったけど」

柊の表情が緩んだ。飼い猫のことを話題にされるのは、猫好きには嬉しいらしい。

「おじさんこそなに？　平日の昼間に。ニート？」

「誕生日休暇だよ」

「え、そんなのがあるの？」

「もちろん嘘だ。現在休職中」

柊はきょとんとした。次いで、笑いだす。

「本当の休み……誕生日休暇はいつなの？　っていうか、何歳？」

「当年とって二十八。誕生日は、まあ……」

別に隠すことではないので素直に答えると、柊はやや緊張を解いたようだった。

「律儀に答えるんだ。変な人だね、おじさん。最初、不審者かと思ったけど」

「変な人は余計だ。それと、俺はおじさんじゃない。お兄さんだ」

「アラサーは、私にとってはギリギリおじさんだよ」

いたずらっぽく笑う柊に、俺は渋面になった。

「まあいいか。君……と、名前、なんて呼べばいい？」

「……柊。立花柊。柊でいいよ」

「そんで？　……柊は、学校フケてるの？」

「そう。行ってもどうせぼっちだし」

「ぼっち？」

「うん、ぼっち。最近は声かけてくれる奴らもいるんだけどね。昼ご飯とか」

「ならぼっちをやめるのは簡単なことだろ？　その誘いに乗ればいい」

　その言葉だけで態度を改めるなら、どれだけいいか。

「……私、人の厚意とかを素直に受けられないんだよ。どうしても捻くれちゃう。嬉しいのに、ツンケンした態度で拒絶しちゃったり。だから、いつもぼっち飯」

「まあ、社会に出れば、ひとりで食事することなんて結構あるんだけどな。むしろ社畜には食べる時間を与えられないことすらある」

　柊はその言葉に、目をパチパチすると、おもしろそうに笑った。なんだ、こいつ、こんな笑い方もできるのか。

「おじさん、おもしろいね。でも、私の場合、違うんだ。友達作る権利なんかあるのかなって」

「いきなり深刻そうだな。なにがあったか聞いても？」

　もしこれが柊の友達を拒絶する姿勢につながっているなら、聞かない手はない。なにより、柊が友達を受け入れれば、俺の人間生存確率もあがるのだ。

「……ええと、昔ね、クラスでいじめがあったの」

見ず知らずの他人だからこそ話しやすいのか、なにかの決心をしたように、少し言いづらそうにしながらも、柊は語りはじめた。

「高校生にもなって、いじめなんて珍しいんだけど。その時、私、『いじめはいけない』って、いじめられてた子のこと、庇ったんだ。そしたら、今度は私がいじめられるようになった」

「まあ、よくあることだよな」

「うん。でもショックだったのはね、その『私をいじめてくるグループ』の中に、私が庇った子が入っていたことなんだよ」

助けた恩を仇《あだ》で返される。それだって、よくあることだ。だが、そのことをあえて口にすることはしなかった。

「それから、私は人を信じられなくなった。人には裏と表があるような気がして、素直に受け入れられないの。それに、私自身も、もっと酷《ひど》いことをしたから……」

「酷いこと？」

「うん……」

そう言ったきり、柊は口を噤んだ。どうやら、そこまで話すほどには、俺は信用されていないらしい。俺は息を吐いた。

「俺は人なんか、信じなくていいと思うぞ。裏があって当然だし、付き合ってるメリットがあるからその場だけ付き合う。そして、約束を反故《ほご》にせず、誠実に果たす。信頼関係に関わるからな。それが大人の関係ってもんだ」

きれいごとをぞんざいに否定する俺の口ぶりに、柊が目を瞬いた。俺の大人としての、だが偉そうではある経験に、若者としては新鮮な興味を抱いたようだ。

「……でもな、それがたまに虚《むな》しくなる時がある。学生時代は、そんな計算をしないで、無邪気に裏切って、裏切られて。それでも友達としていられた。今となっては、そんな関係のほうが〝友達〟だったと呼べたと思う。裏切られてもな、許せるんだよ。利害関係なんかじゃなくって、裏切られてもいいと思える奴らが、当時は友達だったのかもしれないな」

「でも、私は……そんな友達を作って、幸せになる権利なんてないんだよ」

「幸せになるのは権利なんかじゃないさ。むしろ、人が幸せになることが正しいのなら、幸せになるのは、義務なんじゃないかな」

「義務？」

「少なくとも権利ではないな。幸せでないことに不満を言って、いくらたくさん幸せをもらっても、それを自分が受け入れられなければ不幸だろ？　つまり、幸せになるには、自分から受け入れる必要があるんだ。その不幸な状態が幸せだって言うなら、それは自己憐《れん》憫《びん》の詭《き》弁《べん》だ」

「……本当に変な人だね。そんなふうに考えたこと、ぜんぜんなかった」

柊は目を丸くする。

違うよ。俺は、お前を見ていてそう思ったんだ。

俺自身は、幸せは与えられるものだと、本気で信じていた。給料があがる、待遇が改善される、残業もなしで定時で帰れる。そういうものは、当然に与えられなくてはいけないものと夢想し、不満ばかり持っていた。そのくせ、どこかおかしい現実に、自分から声をあげることなどできなくて。

企業は労働基準法を守るべきで、幸せになる権利が人にはあるのだと思っていた。だが、実際はそんな権利のことを考える間もないほど忙殺され、拳を振り上げることすら忘れさせられていた。

でも柊。お前たちを見て、思うんだ。幸せになるには、『幸せになろう』っていう決心が必要なんじゃないかって。もしかしたら、幸せは与えられるものではなく、自分からつかみ取っていくものだったんじゃないかって。俺は、そんな当たり前のことまで、忘れていたんだ。まあ、どんな理不尽な業務でも、「何々と比べればまだマシだ」というふうに持っていってしまうのが社畜の思考回路なわけだけど。

「まあ、だからさ、もし幸せになるのが義務だとしたら、それを受け入れるための勇気を持たないといけないと思う」

「う……ん、そうだね」

神妙に頷く柊に、俺は苦笑を返した。

「なんか年とると、若者に対して語りたくなるんだよな。おっさんだな、俺も」

柊は首を振って、胸に手を当てて下を向いた。

「ううん。でも、なんか、背中を押された気がするよ。今は答えが出せないけど、もう少し考えてみる。それじゃ、これから学校行くね。ししゃも、行こ」

「おう」

だが、ししゃもは俺の隣に腰かけたまま、動こうとしない。もの言いたげな表情をしながら、俺を見上げるだけだ。柊は眉根を寄せてししゃもを一瞥した。

「もう。あとからおいで。おじさん、ししゃもをよろしく。それじゃね」

「ああ、行ってこい。俺はこいつと語らってる」

柊は、プッと吹き出し、「なにそれ」とこぼすと、身を翻していった。

俺は「あーあ」と、ししゃもを見てため息をついた。

「もう少し考えてみる、か。それじゃだめなんだよな。今日中にお前にぼっち飯を抜け出してもらえないと、俺に将来はないんだ。ししゃも、お前の体にずっと居座ることになる」

でも、もう説得の材料はない。言うべきことは言い終えてしまった。

せっかく人間に戻ったチャンスだったのに、結局、変えられないか。そうだよな。今まで努力してきたことが、人間になれたとはいえ、この数十分ですべてうまくいくなんて、あり得ない。これから追い縋って「今から実践しろ」と強く迫ったって、柊の心は動かない。むしろ頑なになってしまうだろう。

「そんな簡単に考え方変えられたら、人生苦労しないよな」

俺はししゃもの頭をわしゃわしゃと撫でた。社畜時代、何度も味わってきたような無力感でいっぱいだ。今後は、撫でられるほうに回るのか。

急激に、酷い睡魔に襲われる。体が鉛のように重い。座った椅子から、ずり落ちてしまいそうだ。意識をつなぎ止めていた糸が切れる時、かろうじて最後に視認できたのは、ししゃもの、なにかを見通すような翡翠《ひすい》色の瞳だけだった。

◆◇◆

俺は、気がつくとししゃもの姿に戻っていて、柊の学校の校舎の前で意識を回復した。

え？　どうなってんの？　なんでこんな所にいるの？　それに、俺の体は？

またあの神か。俺の体、自動誘導で自宅の布団に戻ってるんだろうな。その様子を考えると、やはりかなりシュールだ。

校舎の時計は昼の十二時を回ったところだった。柊のぼっち飯の件は、なにひとつ進行しないままだった。これから、ずっと猫か。人間として、結婚とかしたかったな。おいしいものも食べたかった。

どこに行く当てもない。俺はいつもの癖で校舎に入り込むと、柊がいつも昼飯を食べている校舎裏の陰へ、とぼとぼと歩いた。

「ししゃも」

「なー」

やけになった俺は不機嫌に尻尾をパタパタ素早く振りながら一声鳴き、柊が腰かけるベンチの前にだらーっと座り込む。

そんな俺に対し、鈴を転がしたような声で柊が呟いた。

「ししゃもがいてくれるから、私はぼっち飯じゃないいね。ししゃもがいてくれてるから、私は寂しくないいよ」

ん？　え？　え？　もしかして、そういうオチなの？　初めから、柊はぼっち飯じゃなかったとか？　そんな解釈でいいのか？

「そんなわけないでしょ」

と、ふわふわした心地でいる俺の頭に、冷水を浴びせかけるような言葉が挿入される。

な、なんだよ、やっぱりだめなのか？　と、声の主を見ると。

「西沢……と、槻谷くん……」

柊の驚いた声のとおり、呆れたような声を出したのは、弁当袋持参で、空いたほうの手で槻谷の腕を引っ張ってる西沢だった。

「立花さ……柊、お昼、一緒に食べよ！」

ぱっと背後に花を咲かせるような笑顔を見せてから、つかんだ腕の後ろを振り返り、対照的なじめっとした声を投げかける。

「槻谷も。あんたも……その、柊の友達でしょ？」

槻谷は、「余計なお世話だよ……」と、ゴニョゴニョ口の中で呟きながらも、逆らうようなことはしない。さすがのことに、柊はぽかんとして言う。

「西沢……」

「美玲」

「え？」

「美玲って呼んで」

「え、だって……」

「友達、でしょ？」

はにかむように言う西沢に、柊は呆気《あっけ》にとられっぱなし、といった表情だ。

「ともかく、私は美玲、あなたは柊！　いいでしょ？」

「でも……」

「柊、いい加減にしなさいよ。槻谷みたいにかっこつけてると、本当にぼっちになっちゃうんだから！」

「僕を引き合いに出さないでくれ」

突然からかわれた槻谷は、不満そうな声をあげる。

柊は目をパチパチして西沢と槻谷を見比べると、次の瞬間、プッと吹き出した。

「そうだね、それがきっと……、私が勇気を出さなきゃいけないことなんだろうね」

「なにそれ？　引っかかるなー？」

西沢は眉根を寄せて小首をかしげた。

「あはは。それじゃ、西沢……」

「美玲」

「みれ、い。お昼ご飯、一緒に食べてくれる？」

引っかかりながらも真摯《しんし》にお願いする。

そっか。勇気、出せたんだな、柊。

そんなチキンの柊に、西沢は待ってましたとばかりに、清々しい笑顔で頷いた。

「もちろん！　ご飯は、みんなで食べたほうがおいしいよね！」


風のせせらぎが、西沢たちや柊が、そして空気までがふいに凍りつき、聞き慣れた、やけに軽く、威厳があるとはとうてい言えない神の声が聞こえてくる。

「ぼっち飯脱出ミッションコンプリートおめでとう～」

「ああ、心臓に悪いぜ。だが、めでたしめでたしだな」

「今回は、おまけで合格としよう」

「いや、期限ギリギリだけど、きっちりこなしたからね？　それにしても……」

「なんだ？」

「お前、計算してやってるの？　タイムリミットとか、今回のあれこれとか？」

「なんことだ？」

「いや、ちょっと気になっただけ」

「明智正五郎の身に次々襲いくる〝試練〟！　さて次のミッションだが、詳しくは二週間後に！　それまでキャットライフを楽しんでくれ」

「すぐ〝試練〟与えてくれるわけではないんだな。早く人間に戻りたいんだが」

「それでは、くれぐれも借りもののお体にはお気をつけて。ビーアンビシャス」

「大志抱いてどうするんだよ。テイクケアだろ、その流れだと」

「さらばだ、明智」

「あー、はいはい」


一難去ってまた一難。またまた厄介な〝試練〟に振り回されそうだ。

それにしても。今回は、俺もよく説教できたもんだ。

幸せになること。生きること。そんなものは交差しない平行線だと思っていた。

俺は、あの社畜の生活に戻れたとして、どうするつもりなんだろう。

はたして〝生きる〟ことができるというのだろうか？

でも、まあ、今日だけは。

どうにも青春くさい、昼のひと時を、ししゃもの体を借りて、傍から見守らせてもらうことにしようか。

第三章　柊に、デートさせよう！

「恋？」

西沢や槻谷と一緒に、表校舎の芝生の上で昼食をとっていた柊は、素《す》っ頓狂《とんきょう》な声を出して箸の先を咥《くわ》える。そんな突然の会話の流れに、俺も思わずぴくりと耳を動かす。

「そう、柊って好きな人いないの？」

「突然だね。なんなの？」

「今日はガールズトークをしようと思って！」

西沢はニコニコしながら言う。西沢のコミュニケーション能力によるところが大きいのだろうが、西沢と柊は一度打ち解けると、この短い期間に気の置けない会話をする間柄になっていた。

「ここには男もいるんですけど……」

槻谷は唸りながら文句を垂らす。

「槻谷はいいの。ね、誰かいい人いないの？　気になる人とか？」

槻谷をいなしつつ、そう柊に水を差し向ける西沢の首筋にはシルバーの鎖が見て取れる。言わずもがな、例のペンダントを身につけているのだろう。実にわかりやすい奴ではある。

「気になる人は……まあ……」

西沢がその発言にがぜん食いつく。

「え、誰、誰？」

「なんか、部活してる人……なのかな？　でも、気になるって、そういう意味じゃないよ」

苦笑いする柊に、西沢は落胆した表情を見せる。

「えー？　じゃ、男の子に興味ないの？　紹介してあげるよ？」

俺は彼らの会話を、全身耳にして聞いていた。


秋も深まり、校舎裏の落葉樹も赤く色づいてきた十一月中旬。

前回の〝試練〟から二週間が経ち、新たな〝試練〟が告げられたのは昨日のこと。神から告げられたタイムリミットは一週間だから、都合あと六日。次の休日までとなっている。

ちなみに、毎度毎度の神との会話の内容は次の通り。

「明智よ、次のミッションだが」

「ん……神か。もう二週間経ったんだな。それで、次の試練は？」

「柊に、デートさせよう」

「は？　また無茶ぶりだから！　あいつの本性チキンだから。そんなミッション、絶対無理！」

「期限は一週間。出来なければ、一生猫のまま」

「わかりましたよ、畜生！　まあ今回は少しあてが無くもないが……毎回無茶言いやがって」

まったく、毎回無理難題を押しつける神である。

ところで先程、柊が口ごもってしまったわけに、俺には朧《おぼろ》げながら心当たりがある。都合よく、と言っては何だが、今回のミッションに大きく関わりそうな男子生徒が、柊の前に現れているのだ。

「それで、何部の人なの？　気になってる人って」

「だから、好きとかそういうのじゃなくって」

柊は若干押され気味だが、きっぱり言う。西沢は渋面を作った。

「なら、紹介してあげるって。部活やってる人がいいの？」

「なんでそんなに積極的かなあ……」

柊は盛大にため息をつくが、西沢はおかまいなしだ。

「ガールズトークって言ったじゃん。こういうのはとことん話さないとね。部活している人かあ……たとえば野球部は……見た目は素朴な人が多いけど、私は知り合いがいないなあ……サッカー部はチャラいし、柊に合いそうなのは……そうだ！　バスケ部なんてどう？　興味ある？　バスケ？」

「なに、その偏見に満ちた分類？　うーん……バスケ部というか、バスケに……興味がありそうな奴を見かけたことならある」

「きゃー、やっぱりそうじゃない！　それって？　なんていう人なの？」

西沢が色めき立つ。柊は隠すでもなく、苦笑いをしつつ答えた。

「好きとかじゃないからね？　なんか、ずーっとバスケ部の練習風景とか、コートのほう見てるの。えっと、同じクラスの佐々木《ささき》くんとかいったかな？」

その言葉に、西沢の顔が曇る。顔の広い西沢のことだ、クラスメイトのことならがぜん、情報に明るいのだろう。

「あー、佐々木くんかあ。たしかに、イケメンだよね。でもなんか、性格がね……」

「性格が、なに？」

「元カノの井上《いのうえ》さんから聞いたことあるんだけどね。エースだったんだけど、故障してバスケ部をやめたあとは、なにかと井上さんへの束縛がすごかったらしくて。無闇やたらと嫉妬したり、別れたあともつきまとったり」

「そっかあ……」

「好きなの？　佐々木くんのこと」

「だから違うって。まあ、気になるけど、付き合いたいとかではないよ？」

「もおー！　そういうとこ、ほんと柊らしいよね。よく言えばクールなんだろうけど。それなら、私の紹介をおとなしく受けなさい！」

俺も同時に悶えていた。女子高生なら恋のひとつやふたつしてみろよ。俺のために。

ふたりのやり取りを見かねたのか、槻谷が間に入る。

「無理強いするのは、僕は良くないと思うけどな」

「槻谷は黙ってて。それで、柊……」

「そうだね。ところで、美玲のお弁当っていつもおいしそうだよね」

「え？　う、うん！　お母さんが毎日、腕によりをかけて作ってくれるの」

「そっかあ。お母さん、料理上手なんだね」

柊が爽やかに笑うと、西沢の背景に花が咲く。槻谷が微妙な顔つきになったが、西沢は嬉しそうに頷いた。

「うん、愛情たっぷりで、本当に……って！　話を逸らしたでしょう！」

「んー、彼氏かあ。まったく興味がないわけじゃないんだけど……」

「でしょ？　バスケ部なら佐々木くんより、今のエースの政宗《まさむね》くんがいいよ！　イケメンだし、爽やかだし、女子の間では人気高いよ。柊はかわいいし、充分チャンスあるし」

「知り合いでもないし、接点もないのになんでチャンスがあるんだか。私のことより、美玲はどうなの？　気になる人いないの？」

その意地悪な問いかけに、西沢は真っ赤になる。

「そそそ、そんな人いない！　私、こう見えて好みにうるさいから！」

「そうかな、身近にいるんじゃない？　本当に近くに」

「……槻谷なんてあり得ないから！」

「べつに、槻谷くんとは言ってないよ」

「立花、僕にだって、選ぶ権利くらい……」

「槻谷にそんな権利あるわけないじゃない！」

頭から蒸気を出しつつ、西沢は流れをぶち壊すかのように、柊に人差し指を突き立てた。

「と、とにかく！　柊にはバスケ部エースの政宗くんを紹介してあげるから、心の準備をしておくこと！　いいわね！」

柊は、困ったように小さくため息をついた。

いやいや、柊、バスケ部エースなんて、超優良物件かもよ？　試しにデートしてみろよ。付き合うとかはいいから。今回の〝試練〟は『柊にデートをさせる』ことであって、別に付き合うことではないからな。頼むよ、本当に。

◆◇◆

最近、柊とは下校時まで行動をともにしている。とはいえ、さすがに教室に忍び込むわけにもいかないので、下校時間まで日当たりのいいところで昼寝をしているのだ。

柊は最近、放課後によく足を向けるところがある。学校の敷地内にある、人気《ひとけ》のない屋外バスケットコート。そこへ行くと、必ずと言っていいほど、コートより一段高くなった芝生へとつながる階段に座り、フェンス越しにコートをぼんやり眺めている男子生徒がいる。短い髪をツンツン立てた、スラリとした体つき。その目つきは、獲物を捕らえる鷹《たか》のように鋭い。

少し離れたところから、柊と俺はいつもその様子を見ている。本人も「気になる」と言っていたように、柊はそんな彼、佐々木にご執心のように、俺には見える。

西沢によると、佐々木は、故障してバスケをやめざるを得なくなったらしい。つまり傷心の真っ最中。槻谷のような外れ者を助けようとしたことからわかるように、つらい立場にいる人間を放っておけない性質が、柊にはあるのかもしれない。

良く言えば、怖がり屋のくせに情に厚い。あるいは劣等生への共感みたいなものにすぎないのかもしれないが。なんにせよ、今回の〝試練〟において、男の子に興味を持ってくれていることは、俺にとって願ったり叶ったり。

西沢とのガールズトークに感化されたのか、佐々木との距離がいつもより近い。ただ、やはり柊は臆病者だ。自分からアプローチするなんて、ハードルが高すぎるのだろう。コートを眺める佐々木を、ただ、階段の上のほうからぼーっと見つめている。

声をかけるのだ、柊。一歩前へ。お前はやればできる子だ。

だが、念を送った俺の期待よりも早く、佐々木が不意にため息をついて、頭をぐるりと巡らせた。

そして柊の姿を見ると、舌打ちする。

「なに見てんだよ、お前?」

「……べつに」

とっさに声をかけられても、柊は外交用のクールな態度を崩さなかった。だが、俺のキャッツアイは柊の目の奥にある、動揺を見逃さない。

「にゃー」

思わず場を和ませようと、佐々木のところまで媚びるように尻尾を立てながら歩いていってかわいく割り込む。

佐々木は怪訝そうに首をかしげた。

「その猫。私の飼い猫なの」

「ああ……」

「にゃあ」

再び鳴くと、思ってもみなかったことに、佐々木は軽く目を細め、俺の喉を擽った。「ごろごろ」と、はからずも俺は喉を鳴らす。

「猫、好きなの？」

「べつに、関係ないだろ」

「そっか」

「……そうだよ」

柊が押し黙ると、ふたりの間に、もどかしい沈黙が生まれた。

「じゃあな」

佐々木はやや気を許したことを恥ずかしがってか、少し顔を赤らめる。そしてすぐ、ぷっきらぼうに別れの言葉をかけると、柊の脇を通り過ぎていった。

お、なんかいい雰囲気じゃない、このふたり？　なんか青春の出会いっぽい。

顔には出さずにほくそ笑む俺に、柊は息をついて言った。

「ししゃも。彼って、本当にバスケが好きだったんだね。毎日、あんなにコートを睨みつけるほど、未練があるんだよね」

「にゅー」

まあ、それは判断がつかないが。ともかく、毎日のようにコートは見ている。佐々木はどこかを故障してバスケをやめたらしいけど、見た目からはどこを悪くしたかは判然としない。膝か肩か、いずれにしても日常生活に支障はなさそうだ。

この時期のバスケ部は主に屋外コートの隣に位置する体育館で練習を行っているようで、体育館の外にいても、ドリブルをするダムダムという音が聞こえてくる。さすがに佐々木も、わざわざそこを覗いたりはしていないようだ。ちなみに校舎裏を通るのでもなければ、屋外コートに来るまでには体育館の脇を通って来なくてはいけない。

「ねえ、ししゃも。そばにあることが当たり前だと思っていたものが突然なくなるって、どういう気持ちだろうね？　私は、その痛みを、どこまでわかっているんだろう？」

自分の体験のことか。友達と思っていた仲間に、一斉に裏切られた過去。

とりあえず、「にゃあ」と声をかけると、柊はほろ苦く微笑んだ。

「そうだね。あの変な人なら、どんな言葉をかけてあげるんだろうね？」

次の日。西沢のセッティングどおり、柊は放課後の体育館前のベンチでバスケ部エースの政宗と落ち合っていた。

「やあ、君が立花さん？　柊さんでもいいかな、呼び方」

「べつに……」

柊は素っ気なく答える。

外から見た感じは堂々としているのだが、柊は内心動揺しているに違いない。柊たちがいるベンチからは陰になって見えない立ち木の下で、俺と西沢が密《ひそ》かにエールを送っているのだが、柊はさかんにこちらのほうに視線を送ってくる。それが「助けてください」のサインであることを、おそらく西沢は気づいていないだろう。

「でも、意外だな。美玲から紹介したい女の子がいるって聞いてたから、どんな積極的な子なんだろうと思ってたんだけど、柊さん、クールな感じだから」

「……そうかな」

柊がたいして興味なさそうな声で応じると、政宗は人懐っこい大きな目をぱちくりした。

政宗はスポーツマンらしいというよりも、線の細い優男《やさおとこ》の容姿をしている。運動系の部活なのに清潔感があってバスケ部のエース。これはモテるだろう。だからこそだろうか。柊のそっけない返事に興味をそそられたのか、サラサラヘアを掻き上げ、軽く苦笑いする。

「少し嫌味に聞こえちゃったかな？　そうだな……美玲は君のことベタ褒めだったけど、

俺も君のことは素敵な人だなって印象を受ける。人柄も、見た目もね」

さりげなく内面も褒めるとか、うまいこと言うなこいつ。なんか鳥肌は立つけれど。

だが、そんな殺し文句も、柊は気のない返事で受け流す。

「私はむりやり連れて来られただけだから。こうして『友達に紹介されて男の子と話す』なんて慣れていないし、正直困ってる」

痛烈な拒絶のトゲを含んだセリフだったが、政宗はむしろプライドを刺激されたようだ。

「なるほど。柊さんっておもしろい人だね。うん、僕のほうからお願いするよ、次の休日、僕と一緒に出かけないか？」

「次の休日？」

「そう、デートしようよ。僕たちはお互いのことをなにも知らないし、柊さんと一緒に過ごしていろんなことを知りたいな」

困ったような柊は、曖昧に笑った。

おおお？　多少押しは強いがいけるか？　期待はしていなかったが、こんなにスムーズにいくものか？　ナイス西沢、お前の人選は間違っていなかった。いかに捻くれている柊とはいえ、こんな爽やかな優男に口説かれたら、デートからゴールインまで待ったなしだよ！　やったね、柊！

「そういえば、バスケ部っていえばさ……」

え？　スルー？　お前、政宗のアプローチ、スルーしちゃうわけ？

「佐々木くんってバスケ部だったんだよね？　私、同じクラスなんだけど」

自らの申し出を無視されたからだろうか。政宗の顔が引きつった。

「うちはこれでも、バスケの強豪なんだけど、あいつはちょっとね……。故障が堪《こた》えたのだろうけど、うちの部の奴らともけんかして、危なくうちの部全体が出場停止くらうところだったんだよ」

柊は小首をかしげた。柊はやはり、佐々木にご執心なのだろうか？

「正直言って、たしかに以前はエースだったたし、バスケはうまかったけど人間的に問題がある奴かな。あまり関わらないほうがいいよ」

「……そう」

政宗は軽く頭を振った。どうやらスルーされただけではなく、佐々木の名前を出されたことが引っかかったようだ。

「それで、どこ行く？　次の休みだけど」

「行くことは決定なの？」

「君さえ良ければ、だけどね」

「……紹介してもらったのに、言えた義理じゃないんだけど……少しだけ、考えさせて」

ああ、やっぱりそういうオチですか。またまた、一筋縄ではいかないわけね。

まったく、この飼い主は、面倒くさいことこの上ない。

政宗は頷くと、爽やかに微笑んだ。

「わかった。いい返事を待ってるよ」

政宗との逢瀬《おうせ》が終わったあとで、せっかくセッティングまでした西沢は、不満いっぱいに柊を叱りつけた。

「ひーいらーぎー！」

うん、西沢。その怒りはもっともだ。存分に男女の付き合い方のなんたるかを教えてやってくれ。

「そんなに怒らないでよ、美玲」

「あのね、政宗くんってすごい人気なんだよ？　言いよる女の子は数知れず。それなのに、デートに誘われたのを、あんなふうに袖にしてどうするのよ⁉　スポーツマンでイケメンで物腰も柔らかい！　なんの不満があるって言うの？」

「あの人のことよく知らないし」

「そうかもしれないけど！　だからデートしてどんな人なのか知るべきじゃない！」

「美玲って、仲良くなるとどんどん優等生キャラがぶれてくるよね。槻谷くんに接する時と私に接する時だけかもしれないけど」

「話を逸らさないでよ！　もうっ」

西沢は頬を膨らませ、憤然として腕を組む。たしかに優等生キャラは崩れてきているけれど、可憐《かれん》というか、そういうしぐさはかわいい系そのままではある。

「やっぱり柊、政宗くんより、佐々木くんに興味があるとか？　だからあんなこと言ったの？」

「どうかな。興味がないといえば嘘になるけどね」

「はあ。やめといたほうがいいとは思うんだけどね。なんか乱暴だし、佐々木くん」

西沢は壮絶なため息をつく。

「とりあえず用は済んだから今日は帰るよ。美玲は、委員の仕事があるんでしょ？」

「うん……まあ、最終的には柊の決めることなんだけど、さ……。でも、チャンスは逃さないようにね」

「肝に銘じとくよ」

呆れて去っていく西沢を、まったくそのとおりだ、と同意の視線で見送る。俺は柊を見上げて一声鳴いた。

「ししゃも、ちょっとまた、行ってみようか」

佐々木のところへ、か。こいつ、やはり佐々木に気があるのかな？　そうならそうで、佐々木とデートという流れでも俺はいっこうにかまわない。だが、いかんせん内面はからっきし臆病な柊のこと。ふたりの仲が進展しても、いざデートにもつれ込むまでにタイムリミットが過ぎそうな気がしてならないんだよなあ……。

◆◇◆

柊は言ったとおり、屋外のバスケットコートをじっと見つめる佐々木のところまで足を運ぶ。

「にゃあ」と俺が声をかけると、佐々木は面倒くさそうにこちらを振り向く。そして、柊の姿を認めると、舌打ちした。

「またか……なんなのお前、俺に惚《ほ》れてんの？」

そうだったら、俺にとってもこの上なくいいことなのだが。

「ばかじゃん」

柊はそう冷たく突き放したかと思うと、間を空けずに佐々木に問いかける。

「ねえ、佐々木くんは、まだバスケがしたいの？」

「関係ねえだろ。お前みたいな、つい最近まで不登校だった女になにがわかる？」

「不登校だったからわかるんだよ。私は今までいつもひとりきりで、大切にしなきゃいけないと思っていたものをなくしてきたから」

「なに言ってるかぜんぜんわからねぇ」

佐々木は取りつく島もない。

「余計なお世話ってわかってるけどね」

「思ってるなら関わるなよ、おせっかい女」

「バスケ部やめることになって、うちの学校の生徒とけんかしたって聞いたけど」

「そのとおりだよ。それが？」

「彼女だった子にも、つきまとって、嫌われたって」

「だから、そうだって。なに？　けんか売ってんのか、お前？」

いや、柊はチキンだ。そんなつもりは毛頭ないのはわかる。だが、柊は髪を耳にかけるしぐさをすると、突然断言した。

「つまりさ、心にそれだけの穴が開くくらい、佐々木くんにとってバスケが大切だったって、そういうことでしょ？」

佐々木は虚を突かれたように顔を歪《ゆが》めた。

柊はつと視線を佐々木から逸らして、事もなげに言う。

「あなたが可哀想とか、そういうんじゃないよ。ただ、私自身の問題があって、少し佐々木くんのことが気になったの。最近、いろいろなことがあって……見なきゃいけないものを見えないふりをし続けてきた、私が私であるための補習なの」

「言ってる意味わかんねーよ……」

「私自身もよくわかってないんだけど、ね」

柊は佐々木に淡く微笑むと、首を竦めておどけてみせた。

「それじゃ、またね」

「なんなんだよ」

珍獣を見るかのような奇妙な顔つきの佐々木に背を向け、柊は歩きだした。

俺は思う。柊、お前がやっていることはただの偽善だ。お前は、心に傷を負った人を助けざるを得ない、無条件に優しい人間だなんて、今まで一緒に生活してきた俺は、まったく思っていない。

誰かに必要とされないと、自分自身の価値を認められないんだ。そういうのをなんて言うか知っているか？　メサイアコンプレックスと言うんだ。自分が傷つくことは平気なのに、人が傷つくのは痛くて見ていられない。そのほうが、ずっと楽に生きられるから。

柊自身は、そのことにどこまで気づいているのだろう？　最近、たとえ偽善だとしても、こうして行動に出ることが少しずつ増えていっているように感じられる。

だが、他人に自分の価値を保障してもらうことに、なんの意味がある？

そんなふうに他者に自分の人生を丸投げするような虚しい生活を送っている人間を、俺はよく知ってる。

社会に、会社という他者に人生を捧げた、哀れな社畜。

紛れもなく、俺自身のことだった。

◆◇◆

最近ではサボることこそなくなったが、柊は学校の帰り道に、俺と〝出会った〟あの公園に足を運ぶのが日課になっていた。今日も木々の色づいた公園を散策すると、ナトリウム灯の下にあるベンチの端に腰かけて何事かを思案する。

「みゅう」

俺は難しげな顔をしている柊を訝しげに見上げた。柊はこちらを一瞥すると、軽く頷く。

「うん、ししゃももそう思うよね」

「みゅう？」

柊は軽く首を振って、俺を見下ろした。

「自分が大切にしてた信念を突然奪われて、裏切られて、荒れてしまうこと、崩れてしまうことって、やっぱりあるよ。私がそうだったように……」

違うから。そんなこと露ほども思ってないからな、俺は。

「にゃあ」

「そうだよね、放っておけない。私自身のためにも」

出たよ臆病なくせにお節介。またお前はデートとかそういう方向とはあさっての方向に動きだすよな。

柊は胸に拳を当てて、毅然として言った。

「私、少しだけわかった気がするの」

柊はベンチの反対方向の端をじっと見ると、ひとつ頷いて見せた。

「幸せになることから逃げちゃいけない……きっと、あの人ならそう言うよね」

ん？　それ言ったのって、たしか……俺じゃん？

今までの柊の暴走って、とどのつまり俺のせい？　俺が「幸せになるのは義務」なんて言っちゃったから、過去の自分と同じような境遇にある奴を放っておけないと⁉　それだけの理由⁉　ちょっと待ってちょっと待って！　いや、そのスタンスで恋愛感情とか芽生えるんならいいけどね？　ほぼ無理じゃん、そんな期待！

タイムリミットまで、あと五日。俺の期待を斜め上に裏切っている柊とともに、過去の俺自身の失態については、もはや神を呪う、恨み節の鳴き声しか出てこなかった。

翌日の昼休み、いつも三人で昼ご飯を食べている校舎前の芝生に来るやいなや、西沢は興奮気味に口を開いた。

「ねね、柊！　政宗くんだけどさ」

「……誰だっけ？」

「バスケ部のエースよ、昨日紹介した！　彼だけど、やっぱり柊のことかなり気に入ったみたい。埋もれていた柊の株もあがる！」

いつものふたりを前に、西沢がなんとしてでもガールズトークに花を咲かせようと試みる。もっとも、槻谷は男なわけだが。ガールズトークの場に男ひとりとオス一匹が居合わせた形だ。

「それはどうでもいいけど。悪い人でもなさそうなんだけど、私はいいや」

「悪くないなら、いいじゃない！　どうしてよ⁉」

「西沢さん、そんなに立花に無理強いしなくても」

色めき立つ西沢に、眉を顰めて槻谷が自重を促した。が、西沢はすかさず反発する。

「全世界女子の恋愛対象外の槻谷に、恋バナは関係ないことなのよ」

「いや、まあ……そうなんだけどさ」

「そうだよね、槻谷くんは、美玲以外のことは考えちゃだめだよ」

「柊！」

「美玲、顔赤いよ」

「そんなことない！　ちょ、ちょっと、なんで槻谷まで顔赤くしてるのよ！」

柊は苦笑して、話の焦点を西沢と槻谷の関係から逸らした。

「でも美玲、いいの？」

「なにが？」

柊は言いにくそうに、口を開く。

「美玲が政宗くんに声をかけたのって、私じゃなくて、美玲が気があるからだって、クラスで噂が広がってるよ」

「……あー、もう、どうしてそう捻曲《ねじ》がっちゃうのかな。でも、事実は違うわけだし、柊は気にしなくていいよ」

柊は少し間を置いて、「そっか」と呟き、もうひとりの男性の話に切り替えた。

「そういえば、佐々木くんってさ」

「えー、また佐々木くん？　私は断然政宗くんを推すけどな」

不満そうに、西沢はぷうっと頬を膨らませる。

「ちょっと気になってて。確か、誰かと付き合ってたんだよね」

「うん、隣のクラスの井上さんと。でも、バスケ部やめてからいろいろあったらしいよ。なに？　柊、もしかして……」

「んー……まあ」

曖昧な柊の返答に、西沢は難色を示す。

「でもさ。うちの学校の生徒と、けんかもしたっていう話だよ。やっぱり、バスケ部のエースのほうが良くない？」

「そのことで、僕にも言いたいことがあるんだけど……さ」

槻谷が柊に話しかけるように会話に入り込む。

「佐々木くんは悪くないよ」

「槻谷、なに言ってるの？　結構騒ぎになったじゃん。無抵抗の男子を殴った、とか」

「うん、でも僕、昼休みにいつも校舎裏にいたろ？　だからその時のこと、偶然見てたんだ。まあ、隠れた所からだけどね。たしかに佐々木くんは奴らのうちのひとりを殴った。でも、そのあとはやられっぱなしだったんだ」

槻谷は衝撃の証言をする。

「あれはバスケ部の奴らだよ。なんか、佐々木くんのこと、『彼女寝取られた悲しいバスケ馬鹿』みたいな感じで、挑発してたのはそいつらだったよ」

「……そう、なんだ」

柊は顎に細い指先を当てる。

「美玲、井上さんって、今は他の誰かと付き合ってるの？」

「え、ああ。確かバスケ部の……あれ、そうすると……」

柊は「うん」と頷くと、

「今日の放課後、ちょっと話してみるよ」

「あ～、もう。槻谷の時といい、なんでもかんでも首を突っ込むんだから……」

「いや、傍から見てると、君たちは五十歩百歩だと思うけどな……」

槻谷が的確すぎる突っ込みを入れる。俺は賛同の意を表して、「にゃあ」と一声鳴いた。


放課後、柊と俺は佐々木が毎日時間をつぶしているコートに向かった。

コートには、体育館脇を通っていかなければいけないのだが、その途中に待ち構えていたかのように、政宗が体育館の壁に背をもたれかけさせていた。柊に気づき、組んでいた腕を解いて、片手をあげると、柊の足元にいる俺のことも一瞥する。

「やあ。女子の噂話を聞いたんだ。柊さんが、よく屋外コートに足を運んでるようだって。あ、それが噂の飼い猫？」

「誰から聞いたの？　あそこのコートの前は人がほとんど通らないのに」

政宗は、その質問には答えず、柊に詰め寄る。

「柊さんは佐々木狙いなの？　俺に、チャンスはないのかな？」

「いえ、べつにあなたのことを嫌いとかではないんだけど……」

「俺以上に、佐々木に夢中？」

政宗は柊との距離を詰めると、ゆっくり顔を近づけていきながら、囁くように言う。

「君みたいな女の子、久しぶりなんだ。媚《こ》びなくてかわいくて……紹介されてからさ、君のことが気になっちゃって」

「ちょ……近いよ、顔」

そう言いつつ、柊は顔を紅潮させて凍りついたままだ。おそらく恥ずかしいのもあるのだろうが、俺から見るに、異性慣れしていない柊は、蛇に睨まれたカエルのように恐怖を感じているに違いない。コミュ障だしな。よく見ると肩がふるふる震えている。

ここまで怖がっている柊を隣で見ているのは心苦しい。いっそのことジャンプかましてこの優男を爪で引っ掻いてやろうか？

「俺のこと、嫌い？」

「だから、そうじゃ……」

「なら、好き？」

「ちょ、ちょっと、待って！　やりすぎ……」

「大丈夫。気持ちに正直になれば……」

柊が硬直しつつも声を荒げ、俺もさすがにジャンピング爪アタックを食らわせようと身を屈《かが》め、狙いを定めるように尻をじりじりと左右に振る。と、不意にぶっきらぼうな声がかかった。

「そいつ、嫌がってるじゃねぇか。政宗、ちょっと控えろよ」

政宗は声のした方向を見ると、不快そうに顔を歪めた。そこに立っているのは佐々木だった。

「なんだよ、佐々木。べつに俺は無理強いはしてねぇぞ？」

「してるじゃねぇか。強引なんだよ。そいつ、どう見ても男慣れしてねぇ。手加減してやれよ」

政宗は一瞬、心底腹立たしそうな顔をしたが、大きく息をついて肩を竦めると、柊に申し訳なさそうに謝罪した。

「ごめん、柊さん、ちょっと調子に乗りすぎたみたいだ。今度の休みのデート、楽しみにしてるから」

そう言って、政宗は体育館へと歩を進めていった。

「邪魔したか？　お前もまんざらじゃなかったみたいだったけどな」

「……ありがと。お礼は言っておく」

柊はボソリと言うと、当惑したような表情になって言った。

「でも、なんで助けてくれたの？」

「助けたわけじゃねぇ。俺はお前を捜していたんだ」

「捜していた？」

「ああ、お前のことを思い出したら、なんか腹が立ってきてな。見つけ出して文句を言いたかったんだ」

「はあ？」

柊は首をかしげる。

「お前、俺に同情してるだろ？　ウザいんだよそういうの。それが言いたかった」

「……はあ」

「おおかた、俺がバスケなんかに未練が残ってると思い込んでいるようだがな。とんだ勘違いだ。そんなふうに思われるのイラつくし。今もイライラしてる」

「そんなに説得力のない発言も珍しいね。毎日毎日、コートを眺めてるのに」

「とにかく、そうなんだよ。お前、クールなふりしてるけど、なんか暑苦しい。俺のテリトリーに入ってくんなよ」

「同情してないといえば嘘になるけどね。前言ったとおり、自分のためだよ」

「だから、それがわからねぇんだよ」

忌々《いまいま》しそうに、佐々木は舌打ちする。柊は、ふうっと息を吐くと、俺を抱き上げ、言う。

「全部聞いた」

「はあ？」

「たとえばけんかは、あなたが吹っかけたんじゃない。バスケ部の奴らに絡まれたんでしょ？　あいつらは『一方的に殴られた』なんて言ってるらしいけど、故障しているあなたが、けんかなんかできるの？」

佐々木は苛立《いらだ》たしげに舌打ちした。

「井上さんは同じバスケ部の人に取られたんでしょ？　悔しいよね。バスケをやってない自分と比べられたんじゃないかって思うの、当然だよ」

「……しつこくつきまとったのは事実だ」

柊は卑屈になる佐々木を包み込むようにため息をつく。

「それは本当なんだね」

「…………」

「バスケは、好き？」

真摯に見つめる柊に一瞬、怒りを込めた視線を返したが、佐々木は首を横に振って自分を諌《いさ》めた。

「腕が肩より上にあがらねえんだ」

吐き捨てるように言う佐々木に、柊は沈黙する。

「試合中、無理なチャージングで突っかかってきた奴がいてさ。ジャンプしてディフェンスした俺と空中衝突。……そんなワンプレイで、俺の選手生命は絶たれたんだ。これでも、バスケ部ではエースだったんだぜ？　政宗なんかより、俺のほうがぜんぜん実力は上なんだ」

「進行形」

「は？」

「進行形で言うんだね、『俺のほうが実力は上なんだ』って。あなたにとって、バスケは『だった』なんて、過去形じゃないんだよ」

「細かいな」

「リハビリとか、できないの？」

「無理だよ」

佐々木は舌打ちとともに嘆息する。こいつの未練の持ち具合からして、リハビリがつらいから逃げ出す、というのは考えづらい。おそらくは、医学的に引導を渡されたのだろう。

佐々木は自嘲するように頭を振る。

「本当に変わってるよな、お前」

「よく言われる」

「俺な……バスケやってた時は、毎日が充実してた。こんな奴じゃなかった。こんなクソみたいな奴じゃなかったんだ」

柊は髪を耳にかける。

「改めて聞くけど……井上さんにつきまとったのは、なんで？」

「一方的に振られたからだよ」

「納得できなかったってこと？」

「そうだよ。バスケができなくなった故障品を、あいつは捨てたんだ。結局、俺からバスケを取り上げたら、クソみたいな残りカスしかなかったってわけだ」

「……そう」

「素っ気なく言いやがって。なんだよ、お前も俺をばかにしてんのか？」

「してない。全部がなくなってなんかない。ちゃんと残ってるじゃない。あなたは、今、ここにいる。昔持ってたものをなくした気持ちはつらいだろうけど、それは自分を否定する言い訳にはならないよ」

「あ？」

「私を諭してくれた人がいたのよ。大人のお節介かもしれないけど、そのおかげで、今、私はここにいる」

そう言って、柊は気持ちのいい笑顔で笑った。

佐々木は困惑した顔で舌打ちすると、皮肉っぽい笑みを浮かべてみせた。

「政宗じゃないけどよ……それなら、なにもかもなくした俺を、お前が慰めてくれる？」

「ばかじゃん？」

「はっ！　そうだろうな、結局……。半端な優しさ見せてんじゃねぇよ」

柊は自棄になっている佐々木を軽くいなすようにおどけてみせた。

「優しさ？　そんなんじゃないよ。あなたに少し興味がわいただけ。自分を痛めつける人を見ると、少し前の自分自身を見てるみたいで放っておけないんだ」

「なら、政宗じゃなくて俺と付き合えよ。バスケだけじゃなく、男としても政宗より上だぜ？」

「……どうだか」

柊は首を振ると、淡く微笑んで見せた。

俺は期待を込めて、そんな柊と佐々木を見比べた。これ、もう放っておいても佐々木と付き合う流れじゃない？　いい感じだよ！


タイムリミット三日前に突入する深夜。時が止まり、柊の部屋のクッションで丸くなっていた俺の脳裏に、いつものごとく、爽快なまでに能天気な声が直接聞こえてくる。

「待ちに待った人間戻りチャーンス！」

「なんだよ。いつも突然だが、今回はタイミングも脈絡もなくやって来やがったな」

「お前にチャンスをやろう」

「チャンス？　なに企《たくら》んでやがる？」

「柊にバスケ部のエースをとるかロクデナシをとるかの助言を与えるチャンス」

「あー、いや、その話ならもういいよ。いいじゃん佐々木で」

「あんなロクデナシでいいというのか？」

「いや、柊も佐々木のほうが良さそうな感じだし。少し変な方向に突っ走ってるけど、いい雰囲気になってるぞ。このまま放っておいても付き合うんじゃない？」

「言い忘れていたが」

「なんだよ」

「柊が不幸になったら、お前は一生猫のまま」

「理不尽すぎる！」

「そもそもが、柊が佐々木のロクデナシを選んだら、お前に今日を含めたあと三日で柊にデートをさせることができるのか？」

たしかにいい雰囲気ではあるが、柊が佐々木の申し出をうじうじせずに受け入れるかどうかは、疑問の余地がありまくりだ。俺は臍を噛まざるを得なかった。

「ぐ。痛いところを……」

「そんなお前に柊を諭すチャンスをくれてやろうというのだ」

「それって、人間になるチャンスを一回使えってこと？」

「決めるのはお前次第。しかし、前回の人間戻りの時、お前は柊に相当影響を与えたではないか。今回は、早めに手を打っておく手もあると思うぞ」

「でも、柊は明日学校あるじゃん、どこでどうやって人間の姿で会えばいいわけ？」

「柊は、毎日のように、放課後にはあの公園に足を運んでいるではないか？　……よもやお前、その理由すらわからないと言うのか？」

「心当たりはあるが、自信はない」

まあ、まさか、とは思うんだけどな。無力なアラサーだしな、俺。

「理由を知りたいか？」

「そりゃ、まあ、な」

「ばかめ、こちらが知りたいくらいだ！」

「なんだよ、結局お前も知らないんじゃねぇか！」

「そんなわけで、なんとか頑張って柊にデートをさせてやってくれ」

「あ〜、はいはい、頑張りますよ。人間に戻してください。それにしても、本当に都合よく人間に戻したり猫にしたり……」

「残りの三日間、ししゃものままのほうがいいか？」

「ごめんなさい、人間の体に戻してください」

「それでは明智よ。目を覚ますがいい。特殊能力がいろいろ付加された人間の体に」

「ご都合主義の特殊能力付けられるほどの力があるなら、俺に〝試練〟を受けさせる意味ないと思うんだよなあ……」

そう呟くと、周囲が暖かい暗闇に包まれた。


自宅の布団で目を覚ます。自分が人間になったのを確認し、次に時刻を確かめる。どうやら放課後より少し前のようだった。同じ轍《てつ》は踏まないようにタクシーを使い、ある程度の余裕を持ってあの公園のあのベンチの端に座っていると、柊が姿を現す。

ししゃもは連れてきておらず、俺の姿に気づくと、一瞬びっくりしたような顔になり、ついで相好を崩し、最後にツンケンしたように口を尖らせる。くるくると表情の変わる奴だな。

「久しぶり、おじさん。私のこと、覚えてる？」

「まあな。柊……だろ？」

俺が肩を竦めると、柊はベンチの俺とは反対側の端に座る。が、思い直したように立ち上がると、ベンチの真ん中まで移動して腰をおろした。

「おじさん、今日も休み？」

「休職中だって」

「求職？　リストラ？」

「漢字がちげぇよ。こう見えて社畜だ。現在ぶっ倒れて休暇中」

「ふーん、大人って大変だね」

「まあ、押し並《な》べて大人は大変なもんだ。子供も子供なりに大変なもんだとは思うがな」

そう答えると、柊は目をぱちくりした。少し興味深そうな、いたずらっぽい笑みを浮かべて唇に人差し指を置く。

「やっぱりおじさんだ」

「だから、俺はまだ二十七だぞ？」

「私にとって、アラサーはおじさんだって。でも、そういう意味じゃないよ。おもしろい大人だなって思ってるの」

「よく知ってみれば、人間なんてたいてい、おもしろいところのひとつやふたつあるもんだ。それが自分の趣向に合うかどうかでしかない」

「なら、おじさんは私の好みのストライクゾーンだよ」

「は？　どこが？」

「学校の男子より話しやすくて、理解があるもん。それに、ししゃもと一緒にいる時みたいに落ち着く」

「そりゃどうも。俺の存在は猫並みかよ」

柊は足をブラブラさせながら、視線を地面に泳がせた。

「おじさん。ちょっと、自慢めいたこと言っていい？」

「自慢？　この前と比べて、まっとうな女子高生にでも近づいたか？」

「そうかもしれない。相談だよ。受けつけてるんでしょ、若者の悩み相談？」

「俺も若いけどな。実際はおっさんではない」

柊はプッと吹き出し、ベンチに両手をつくと、淡い笑顔になって前を見据える。

「なんか、私今ね、バスケ部のエースとデートするか、ちょっと気になる奴と付き合うか、友達に選択を迫られているというか。そんな贅沢《ぜいたく》な悩みを抱える乙女なんだ」

「いいご身分じゃないか。好きなほうを選べばいいのに、なにを悩む？」

「んー？　そうだよね。まあ、正直に言うと、私に男っ気がないことを心配してくれてる友達の顔を立てるというか……どちらとも微妙って感じなんだけど」

いや、佐々木は？　やっぱりだめなの？　ねえ？

柊は軽く苦笑し、「あのね」と続ける。

「今度の休み、エースの彼とはデートというか？　一緒に出かけるか迷っているというか？　もうひとりは誘ってくれているかどうかすらわからないんだけど？」

「疑問形多いな。どんな奴らなんだ、そのエースと、気になる奴って」

「バスケ部のエースのほうはね、女子に人気があって、優しくてイケメン。ちょっと圧は感じるけど、悪い人……というわけではないみたい」

「なんか引っかかる言い方だな」

「ぶっちゃけちゃうと、できすぎててキモい。でも、友達がすすめてくれてるから……」

いかに西沢のおすすめとはいえ、政宗はできすぎてて、それを本人もわかっている上で異性と接してるところがあるもんな。そういうナルシシズムはたしかに気持ち悪い。

「もうひとりは？」

軽く振ってみると、柊は少し神妙な顔つきになって、押し黙った。

「元バスケ部。今はできなくなっちゃったみたいだけどね。目つきも態度も悪くて、あなた、どこの不良さんって感じ」

「ふーん、で、そいつに興味あるの？　あるから悩んでるんだろ？」

「んー……まあ、そうなんだけどね。なんかそいつ、悩んでるんだよ。少し前の……うん、今の私と同じ。自分の大切なもの、信念を奪い取られて、ポッキリ折れそうなんだよ。だから、それを見てると、あまりに痛々しくて」

柊はそこまで言って、自分の胸に拳を当てた。

「ここがね、きゅっと締めつけられるの。変だよね」

それって、恋っていうのかもしれない。そういうふうに言う奴もいるかもしれない。だが違う、柊、それは恋じゃねえよ。いずれ恋に発展するかもしれないが、お前は自らの心の痛みと向き合う代わりに、他の奴が自分自身と向き合う姿を見ていたいだけなんだ。

ししゃもとして、お前のことをいちばん近くで見てきた俺だから、断言できる。お前は臆病だ。だから、他人が強くなるその過程で、自分が頼られることで、自分が必要とされることで、自分の価値を感じられるようになりたいんだ。

自分にはなにもないが、ただ、〝優しさ〟がある。人の幸せは、自分の幸せなんだ、と。

「私、どちらを選べばいいのかな？　そもそも、好きかどうかもわからないのに、デートなんてするものなの？」

俺はふぅむ、と唸り、首を振った。柊の感情が押しつけがましい〝優しさ〟でも、本当の恋でも、はっきり言って俺には関係がない。お前があと三日以内にデートをしないと、問答無用で俺は猫として生きなけりゃいけない、それだけだ。好きでなくてもなんでもいいから、デートしろ。俺のために。そのための一押しなら、俺がしてやる。

「さあね、知らんよ。だが、デートしてみてわかることもある。だから、どっちとデートしてもいいんじゃねーの？」

「だから、もうエースじゃないほうにはデートには誘われてないって。でも、とりあえずどちらでもいいからデートしてみろって？　酷いな、これ、私の人生の初デートだよ？」

「本当に好きな人とデートできるまでもったいぶっていたら、初デートがいつまでも訪れないかもよ？　行ってみたらおもしろいかもしれないだろ？　外面も、内面も、今まで知らなかったところを知れるかもしれないしな。それを繰り返して、自分と合う相手を見つけようとするほうが、健全だと思うよ」

「そんなもんかなあ……」

「そんなもんさ。だいたいが、恋って打算とか妥協とかを前提にするものだろ？」

「よくわからないよ」

柊は形のいい眉根を寄せて、頭ひとつ下の位置から俺を覗き込む。

おれは「はっ」と両手をややわざとらしく広げて見せた。

「大人になるとな、『好き』だけでは一緒にいられないってことに気づくんだ。現実がどんどん見えてきて、相手の嫌なところも受け入れて、それでもやっていけるようじゃなきゃ、長くは続かない。もちろんそれは性格であるとか容姿だけじゃないぞ？　収入も、家族関係もひっくるめた上でのことだ。試行錯誤なんだよ、大人もな」

社会人になったあとは毎日の仕事に追われ、大学時代からの彼女と都合も合わなくなり、最後には小さな気遣いもできなくなって破局した俺だから、そのことは嫌というほどわかる。

俺は頭を振って雑念を振り切ると、ややぎこちないが、爽やかな笑顔を作って言う。

「でもな、そんな面倒くさいことは、大人になってから知ればいい。だからさ、よく言うように、大事なのはひとつだけなんだよ」

「ひとつ？」

柊は興味というより、疑惑の瞳で俺を眺める。なんだよ、俺なりに精いっぱい清々しさを演出してやったのに。やっぱキモかった？　まあ、ここはハッタリだ。勢いで畳みかけよう。

じぃっとこちらの一挙手一投足を見守る柊に、俺は自分の胸を拳でトントンと叩いてみせる。

「迷ったら、ここに聞け。若者の答えっていうのは、それでいいんだよ」

我ながらクサいな、と思いつつ、俺は曖昧な笑顔で、複雑な表情の柊に答える。

「それが、恋ってもんだろ？　たぶんな」

◆◇◆

そうして翌日。柊と会ったあとも俺は人間のままである自分を想像していたが、すぐに壮絶な眠気に襲われ、しっかり体はししゃものそれに戻っていた。

まあ、今日は人間でいるほうがディスアドバンテージだろう。〝試練〟のタイムリミットは明日。柊の出す答えを見守るためにも、近くにいられる存在になれるのはむしろありがたいかもしれない。

柊はというと、やはりバスケ部エースの政宗には関心がないようだ。バスケ部が練習している体育館をスルーして、いつものように屋外コートに足を運ぶ。なんだよ、もう心積もりは決まってているんじゃやねぇか。哀れ政宗、君の咬《か》ませ犬ぶりはしっかり見届けた。

柊は、階段に腰かけ、フェンス越しにコートを見守る佐々木の姿を見つけると、その背中をぽん、と叩いた。

「よっ」

「……おう」

佐々木は先日までの柊を邪険にする態度をやや改めたのか、突っけんどんではあるが、素直に挨拶を受け入れる。柊は座っている佐々木の隣に並んで立ち、その隣に俺はちょこんと尻をつけた。

「美玲が……クラス委員の西沢が、とにかくうるさいの。優良株かバスケ部のエースだかなんだか知らないけど、デートしろって。でも私、ああいうイケメン好きじゃないのよね」

「そうかよ」

じろりと柊を睨《ね》めつけて、佐々木は興味なさそうに呟く。

「うん。美玲って、友達としてはいい奴なんだよ。感謝してる。私のことを思っていてくれてるのがわかるから」

「ふーん」

「……でも、クラスの子の中には勘違いで美玲がバスケ部のエースに粉かけてる、調子乗ってる、みたいなことを言ってる奴らもいて。勝手に勘違いして、人を貶《おと》める奴らもいるんだって、最近思い知らされてる」

「そんな奴ら、ぶん殴れよ」

「うん……でも、美玲はそれでも気にするなって言うんだよ。私のためにと思ったことをしてくれる。それが嬉しくて」

「類友だな。お前みたいだ」

「は？　私？」

柊は目を丸くする。佐々木は失言を悔いるように舌打ちした。

「西沢が大切なら、行動すべきなんじゃねーの？　邪魔するクズは殴ってやれよ」

「そっか、そうだよね。怒るべきだよね。友達のためだもん」

「まあ、な」

「うん……」

下を向いた柊を一瞥すると、佐々木はやや居心地が悪そうに体を正面に向き直す。

「でもよ、バスケ部のエース様もお前はまんざらじゃないんだろ？　実際、付き合ってみればお似合いかもしれねぇよ、お前ら。知らんけど」

「なんか、トゲのある言い方だね。政宗くんのこと、嫌いなの？」

「別に。ただ、女って、みんな政宗政宗うるせぇから」

「政宗くんがイケメンだから？　もてはやされるのが男として気に食わない？」

「そうだよ、悪い？」

「んー、そうかなあ……」

柊は腰のあたりで後ろ手を組むと、靴先でコツコツと地面を叩いた。

「ほんとはそうじゃないでしょ？　政宗くんは佐々木くんが断念せざるを得なかったバスケットの……そう、〝自分に成り代わったバスケ部のエース〟がもてはやされるのが気に食わないんじゃない？」

佐々木は、歪んだ顔で柊を見上げた。その視線をしっかり受け止め、柊は言葉を続ける。

「だからバスケのことを気にしないであなたと関わっていた私が、〝バスケ部のエース〟に迫られていた時、とっさに間に入ってくれた。本当になになにも思うところがなかったら、あなたの性格なら男女がなにしようと、無視していたと思う」

「……さあな」

「勝手な推測だけどね。でも、そうだったとしたら、私、あなたのこと嫌いじゃないよ」

佐々木は眉を顰める。

「だけどさ……出来損ないのポンコツより、輝いているスポーツマンのほうが、価値があるだろ？　お前だって、きっとそう思っている」

「それは、井上さんがそうだったから？」

「……なにかと直球すぎるんだよ、お前」

拗《す》ねたように言う佐々木に、柊は「あはは」と笑ってみせた。

「少なくとも私は、あなたがポンコツだなんて思っていないよ。あがいてるって、それだけ努力してるってことだもの。最近まで、そんな簡単なことにも気づけなかったけどね」

思ってもみなかった言葉を与えられたからだろう、佐々木は目を見開いて柊を見直した。

「だからさ。大切なものに執着するんじゃなくて、大切なものをそのまま大切にしようよ。『バスケをやってない俺はだめだ』じゃなくて、『俺はバスケが好きなんだ』って。そうすれば、後悔とか未練とかにくっついている妬みや恨みに目を奪われることはなくなる。少なくとも距離は置けるでしょう？」

「偉そうなこと言ってくれるじゃねぇか」

「……そうだね、ごめん」

佐々木は立ち上がり、階段をおりると、近くに落ちていた汚れで黒くくすんだテニスボールを取り上げる。小さなそれを、バスケットボールに見立て、胸に抱えると、右へ左へと体をスライドさせた。

「さあ、佐々木選手、ボールを受け取りました。そのまま華麗なドリブルでディフェンスを一枚……二枚……かわしていく！　そして、ゴール右45度の位置から、シュー……」

そこまで実況解説してシュートの体勢をとろうとすると、苦悶の表情を浮かべて右肩を押さえた。

「つっ……！」

佐々木の手を離れたテニスボールが、てんてん、と、フェンス側に転がっていく。

「だめだな、やっぱり腕があがらねぇ。完璧で無二のバスケマシーンは、もういないよな」

佐々木は一筋の脂汗を流して、へへっと、柊を振り向く。そして、大きなため息を吐いた。

「お前さ、結局そんな口を叩きながら、政宗とデートするんだろ？　あいつ、お前にかなり入れ込んでるって噂だぜ？」

「政宗くんはともあれ、美玲の気持ちが嬉しいんだけどね……」

柊は困ったような顔をして、転がったテニスボールを取りにいく。

「でも私、いつも成功してる人より、人としての弱さを知っている人とか、面倒くさい奴に惚れるタイプ……かな？」

そうして、手にしたテニスボールを、佐々木の手を取って握らせた。

「どん底に落ちたって、価値のない人間なんていないんだよ」

その言葉に、一瞬佐々木は見とれたように柊の横顔を覗き込み、

「……ハッ」

乱暴に吐き捨てる。

「もっとも、これは私自身に言ってる言葉なんだけどね。それに、『人間なんてたいてい、おもしろいところのひとつやふたつはあるもんだ。それが自分の趣向に合うかどうかでしかない』ってね」

「なんだよ、それ」

「少なくともその基準で見れば、私はあなたのこともおもしろいと思ってるよ？」

「くっだらねぇ……」

佐々木はぷいっと横に顔を向ける。だが、顔に淡く朱が差しているのは隠せない。俺の目は、佐々木の〝デレ〟を敏感に感じ取った。いいぞ、なんか知らんけどこのふたり、すごくいい感じになっている！

「そんならさ……」

そうだ佐々木！　柊、結構お前のこと好きっぽいぞ？　男は度胸だ、ここで決めろ！

佐々木は赤く色づいた頬をポリポリ掻きながら、ぶっきらぼうに言った。

「……なんつーか、明日の休み付き合わねぇ？　政宗じゃなく、俺と」

「そうだね、明日、空いてたらね」

柊はあからさまなデートの誘いに笑ってそう答えた。

え、デート了承？　俺が猫になって以来、週末に予定がある柊なんて見たことがない。や、やったああ！　やるじゃん柊、佐々木！　若者ってすばらしい！　青春万歳だよ！　カップル成立イコール、俺イコール猫回避！

なんとかかんとか、今回の〝試練〟も無事クリアだ！

俺は思わず心の中で天に唾を吐き、ガッツポーズを繰り出していた。

そう、信じ込んでいたのだ。タイムリミットが明日に迫った、その時までは。


翌日、柊が台所でなにかをつくっているのを見守るのにも飽きて、俺はすっかり安心して午前中から睡魔に導かれるままに、夕暮れまで眠りこけてしまった。きっと、デートにでも持っていくんだろう。まどろみの意識のまま、うっすらと目を開けると柊の部屋の開け放しのカーテンが掛かった窓の外は、真っ暗になっている。

と、頭の中に、慣れ親しんだ声が聞こえてきた。


「明智、明智よ……」

俺はぼうっとした頭を振る。

「ん……？　神か」

「今までよく頑張ったな、明智よ。お前を人間に戻してやろう」

「なんだと？　そうすると、やったのか？　俺は、本当に人間として生活できるのか？」

終わったということなのだろうか。

猫と人間の入れ替えも、このばかばかしい茶番劇も、すべて？

「やっ……」

「やった！」と、続けていいはずだった。今までの苦労を考えたら、ここは小躍りして喜ぶべきことなのだろう。

だが、あいつはどうした？　柊は？　あのあと、結局どうなったんだ？　デートは？

いや、それはたぶん、うまくいったんだろう。そうでなければ、神が俺を人間に戻す道理がない。

しかし、俺がいなくなって、これからあいつはどのように生きていくんだろう？　あの根性なしは、ひとりで立って生きていけるのだろうか？　チクリ、と胸が痛んだ。

ぼんやりと考え込む俺に、神の声が続く。

「明智よ」

「ん？　なんだよ」

「残念だったな」

「は？」

「誠に残念だった。今までよく頑張ったな」

「……は？　は？　……どういう意味だ？」

「お前はまだ〝試練〟を果たしていない」

「え？　柊は佐々木とデートしたんじゃないのか？　だから、俺は人間に……」

「柊は、誰ともデートをしていない」

「へ……？」

「そして、今日は期限の一週間だ。お前を一晩だけ、人間に戻してやろう。お前への最後の手向けだ」

「なんだとお⁉」

「最後の人間戻り、存分に楽しむんだな」

「ちょっ、ちょっと待って！　まだ、チャンスは？」

「無理じゃん？　もう夜の九時回ってるし。だから、今回の人間戻りは、おまけだ」

「待て。嫌だ！　猫として生きるなんて嫌だあ！」

「だが、悪い知らせばかりではない」

「な、なんだと、それは……？」

「先程、お前は柊の行く先を、柊の将来について、考えたな。神を侮るな、心を読むくらい造作ない」

「それがなんだって言うんだ？」

「昔のお前なら、人間に戻れるとしたら、いちばんに一介の女子高生の人生を考えていたか？」

「……それは、〝試練〟と関わっていることだし、自分のことだし」

「そうじゃない。そもそも社畜として生きることに疲れきったお前が、真っ先に他人の人生を心配することなどあったのか、と言っている」

「それは」

「お前がしゃもになって学んだこともあるようだな」

「それで？　いい知らせってなんだよ」

「だから、それだ」

「は？」

「お前は人間的に成長した。そしてこれからは、立派な猫として、成長を重ねていってくれ。実に猫生が豊かになるとは思わんか？　いいことだな」

「いや、それなんか理屈おかしいからね？　『猫生』がいいとか言っちゃってるからね？

俺は人間に戻りたいの！」

「では、人生の最後を存分に楽しんでくれ。そして始まるキャットライフ」


神の声は始まった時のように、突然プツンと途切れた。

気がつくと、以前のように自宅の布団の中に収まったまま、人間の姿に戻っていた。

期限の一週間。夜九時過ぎ。今日が終わるまで、残り三時間もない。

無理だ。ここから巻き返しなんて、どう考えてもできっこない。

俺はしばらく生ける屍《しかばね》のように布団の上にあぐらをかいていたが、半ば無意識に厚手のジャケットに袖を通し、外出の支度をする。

気がついたら、あの場所へと足を向けている自分がいた。

ナトリウム灯に照らされる公園のベンチ。色づいた木々も照らされ、季節の変わり目にある夜気が肌を刺す。その端っこに座り込んで、俺は大きな息を吐きながら背もたれにもたれかかる。

俺は、どこで間違った？　いや、そもそも、俺の人生自体が間違っていたのかもしれない。それでも良かった。これから猫として生きていくなんて、考えたくもなかった。

やり残したこと？　たくさんある。ありすぎて数えることなんて、とうていできるものか。

たとえば、だ。一日中寝たい。次の日の仕事を考えずに、死んだように眠っていたい。食事の用意をせずとも、ご飯が用意されているような環境を満喫したい。女性と一緒にいたい。いろいろ話すのは苦手だから、空気のように、同じ空間を共有したい。

それから……それから……。

おや？　なにもわいてこない。やりたいこと。普通に生きる以上の欲求が、まったく考えられない。

なんで？　もっと、夢を叶えるとかなんかあるじゃないか、青春くさい願いでもいい。でも、夢ってなんだ？　具体的なものがなにも思いつかない。社畜生活に慣れすぎた俺は、いつの間にか夢とか望みとか、人間らしい当たり前のことさえ考えつかなくなっていたのか？

そもそもが。今さっきあげたやり残したことって、俺が猫になって、すべて達成していることじゃん！　いいのか俺の人生？　猫畜生の生活にも劣る人生で、本当に俺は幸せと言えるのか？

「なんだよ……俺の人生、本当にいいことなんかなかったじゃんよ」

でも、それはわかっていたことだ。幸せになることなんて、諦めていた。

にもかかわらず、今は、人間に戻ることを心から望んでいる。

猫に変えられたばかりの時は、ただ元の人間に戻りたいだけだった。だが、今はもう一度、人生をやり直してみたいって。青くさい奴らを見て、心から思うようになったんだ。

「深刻だね。今日くらい、楽しめばいいのに」

「ああん？　しょうがないだろ？　今日くらいじゃなくて、俺の人生なんて、今日限りなんだよ」

「なにそれ、よくわからない」

「わかられてたまるか。だいたい、へ？」

「にゃあ」

自棄になって俯いていた俺の足元に灰色の塊が擦り寄り、尻尾を左右に揺らしながらこちらを見上げて楽しそうな声をあげていた。

「は？　……は？」

なんだこいつ？　……俺？　いや、ししゃもか？

そして、声をかけてきた女の声は……？　驚愕して顔をあげた俺は、そいつを凝視した。

「やっぱり来た。この前ぶりだね、おじさん」

「なんで⁉　なんでお前こんな時間に、ここにいるわけ⁉」

「いたら悪い？」

「いや、突然だったから」

俺は寝耳に水どころか、バケツいっぱいの水をぶっかけられた様相で、ひどく驚いて身をよじってみせた。

それを見て、ニットのワンピースに身を包んだ柊が、おもしろそうに笑う。

「ししゃもがね……今日はやけに外に誘ってきて。一緒に散歩に出てたの。ししゃもについてきたら、おじさんがいた」

「お、おう……」

「なんてね。今日、昼間はずっとここにいたんだよ」

「そう、か……って？　なんで？　お前、今日はデートしなかったの？」

「あ～、デートねぇ……結局、どちらを選ぶのも私にはおこがましかったと言いますか」

柊はそう言って苦笑いする。

「結局ふたりはどうしたんだ？　既読スルーみたいなシカト決め込んだのか？」

「おじさんが私のことどう見てるかがよくわかるね。ちゃんと断ったよ。今日は、もっと大切なことがあったから」

柊はベンチに座る俺の隣に腰かけた。ししゃもも心得たもので、その足元の地べたにちょこんと座り込む。なんかこいつ、俺が憑依してなくても、忠猫を貫いているっぽい。

「……確か今日、誕生日休暇だよね」

「は？」

「前に言ってた誕生日、今日でしょ？　まあ、仕事自体が療養休暇中だったっけ？　特別な日なのに忘れちゃってるんだもんね、重症だわ、これは。こっちは本当に待ちぼうけで、すごく疲れちゃったんですけど」

闇夜の公園の街灯に照らされた柊は、混乱する俺に、いたずらっぽい笑みを見せる。

「は？　それで、今日は俺を待っていた……？　お前……ばっかじゃねぇの？　なんで俺が来ると思ってんの？　なんなの？　アラサーになんの用なの？　宗教勧誘？　ストーカー？」

「なんとなく、会いたいと思ったんだよ」

そう言って、自分の胸をとんとん、と叩く。

「おじさんに言われたとおり、ここに聞いてみた。今、会いたいのは誰かって」

俺は、ぽかんと間抜け面で口を開ける。

「誕生日、おめでとう。これ、プレゼント」

「お、おう……」

そう言うと、リボンが持ち手にかけられた紙袋を、俺の胸のあたりに押し付ける。

ちょっと待て、理解が追いつかない。あれだけ入れ込んでいた佐々木はどうなったの？

たしかに、傷心の男をずっと支えるなんていうのは、彼女とかになった奴の仕事だろうけど。でもさ、同級生のイケメンより俺を待つなんて……俺にそんな価値があるわけないじゃん？　俺はなにも持ってない、アラサーだぜ？

「開けてみて」

「あ、ああ……」

困惑しつつ、袋の中に手を入れて、四角く硬い箱らしきものを探り当てる。

それを取り出し、俺は眉間にしわを寄せた。

『ストレスが胃にきたら　大日漢方胃腸薬　神経性胃炎に効く』……」

「おじさんにぴったりのプレゼント、探すのに苦労したよ」

「……なめとんのか小娘。どこの世界に誕生日に胃腸薬贈られて喜ぶ奴がいるんだよ」

「んー、でも、それ、もうひとつのプレゼントとセットだよ？」

「は？」

「それじゃ、私の用はそれだけだから」

「お、あ、お？　ああ……」

「じゃね」

柊は身を翻す。沈黙を保っていたししゃもも、そのあとにとことことついていく。

俺は小首をかしげた。袋の中に胃腸薬以外のなにかが入っているのに気づき、もう一度手を入れてガサゴソする。

「あ……」

俺の口から、そう一言漏れ、続く言葉が霧散する。

小さく小分けされ、ラッピングされたマドレーヌが数個、袋から引き抜いた手のひらに載っていた。これは、今朝柊が作っていたものだ。

「ちょっと待て、そこの女子高生！」

胃腸薬とセットで？　どんだけ自分に自信がないんだ？　これは解毒剤か？

気づいた時にはそう大声をあげて柊を引き止めていた。

「ん？」

柊は後ろ手に手を組みながら、振り返って上半身を屈めてみせる。

俺は思わず、声を上げてクスクス笑ってしまっていた。

「いや……さ。お前、こんなにセンスがある贈り物するとか……どんな感性だよ、まったく」

そう言うと、柊も嬉しそうな笑みを見せた。いたずらが成功した悪ガキのような笑顔だ。

ひとしきり笑いあったあと、俺は大きく息をついた。

「あの、さ……」

「うん」

俺は自分の鼻の頭を指先でコリコリする。

「あー、俺、大人になってからずっと、誕生日祝ってもらったことなんてなかったから。っていうか、誕生日自体『なくなって』たから……年とってるのに時間が止まったままでさ」

「うん」

柊は多くの答えを返す代わりに、優しげな眼差しを俺に向けた。悔し紛れに、俺は顔を真っ赤にして口を開いた。

「……ありがとう。俺、またひとつ年をとれたよ」

ああ、そうだ。またひとつ年をとって俺はくそジジイに近づくんだ。

……畜生、めちゃくちゃ嬉しいよ。

俺は、マドレーヌのラップをほどくと、かぶりついた。

「うめぇ……な」

「だよね？　自分でもわりとうまくできたと思ってる」

俺は涙が出そうになるのを堪《こら》えながら、ぽつりと言った。

「なにか、お礼が……したい。……でもさ」

でも、俺が人間でいられるのは、今日で最後なんだ。柊にやってやれることなんて、もうなにもないんだよ。俺はもう、なにもできない。

「ごめんな、お返しになるようなものを、なにもあげられないと思う」

「……ん、いいよ」

柊は小首をかしげて微笑んでみせる。

「じゃあ、ものじゃなくて、なにかしてもらうよ」

「……は？」

「おじさんにプレゼントをもうひとつ。そのプレゼントは、私にとってもだけどね」

「なに言ってんの、お前？」

「これから公園デートしない？　おじさんの誕生日が終わるまで、あと一時間あるよ」

「公園デート……？」

「持ちつ持たれつだよ。現役女子高生とお散歩デートだよ？　イエーイてならない？」

「ならねーよ」

柊は小悪魔的な笑みを浮かべると、そっと手を持ち上げた。

「エスコート、してくれない？」

「ばか野郎」

そう言いつつ、柊が持ち上げた手に、引っ込め引っ込め、手のひらを上にして柊の手を取る。こ、こんな感じか？　エスコートなんぞ、したことねぇよ。

「うん、お姫様の気分」

「俺の誕生日なのに、なんでお前がお姫様扱い？」

「いいじゃん」

呆れて言う俺と柊は顔を見合わせ、同時にプッと吹き出した。

「にゃあ」

ししゃもがどこかしてやったりというような声で鳴いた。

くそ、そうだよ。俺は、自分自身が、今幸せであることを、そしてまた一年、たしかに生きてきたことを、否応なしに実感させられちまったんだ。

メサイアコンプレックス？　自己犠牲の自己満足？　たぶん、違うだろ、今日は。

まったくこいつは、いちいち青春くさい。子供のくせに生意気すぎるんだよ。

俺は顔に右手のひらを当て、こんなくだらないママゴトをやらされていることに羞恥を覚えながらも、柊としじゃもと並んで歩を進めだした。

柊が、上を向いて言う。

「夜空で外灯に照らされた紅葉っていうのも、乙じゃない？　こんな日に、まだ散ってないなんて、おじさんもツイてるよ」

「ああ……」

その言葉に素直に頷いて、柊の顔を横目で一瞥すると、俺は夜空を見上げた。

外灯の光に混ざって、まばらに散りばめられた星々の光が、静かに俺たちに降り注いでいた。晩秋の夜空と紅葉、か。社畜になってからは、空を見上げることも忘れていたな。

「きれいだな、本当に……」

感慨深く、俺は呟いた。

◆
◇
◆

公園デートを終えて柊に別れを告げた俺は、自宅へと戻った。せっかく人間へと戻ったチャンスを活かし、なにか猫ではできない楽しみを満喫してやろうと思っていたのに、すぐに大きな波のような睡魔がやってきて為す術《すべ》もなく布団の上に倒れ込んだ。

倒れたと思ったのも束の間。目を開けると、そこは柊の部屋。はあ……、まあ、予想はしていたけどな。またししゃもに逆戻りか。時間帯は深夜であるらしく、柊も、ベッドで寝息を立てている。

それにしても、人間だった時の眠気が継続しているのか、その時の俺は、猫に戻ってもまだまだ眠れそうだった。だが、そのあとすぐに訪れた〝あの声〟に、うつらうつらした意識をまた引き戻される。


「明智よ。どうやら、首尾よくいったみたいだな」

「おう、神か。まあ、なんとかな」

「今回の人間戻りは、誕生日プレゼントだ。ありがたく受け取るがいい」

「ああ、今回ばかりは特別サービスに感謝するよ」

「ほんと今回ばかりは、本当に間一髪だったね！　もう、ハラハラドキドキだったよ！」

「いや、そのペナルティを作った元凶が言っていい言葉じゃないからね？　そもそもいきなりキャラが変わりすぎだ」

「時に明智、今、お前は幸せか？」

「相変わらず突然だな。そう言われても……」

「お前は自分がぼやいていたことを覚えているか？」

「は？　なんのことだ？」

「まだ、時間が必要なようだな。まあ、もう残された時間は少ないが」

どういうことだ？　言いたいことはあるのに、いったん覚醒した意識が、再び強い眠気に襲われて、深い闇へと誘われていく。

「眠るがいい。これからが、最後の〝試練〟になる……」

神の言葉は最後まで聞き取ることができず、俺の意識はブラックアウトする。

意識を完全に手放す前に、俺が思い浮かべていたのは、柊の作ったやや甘みきつめのマドレーヌが、それでも合格点のおいしさだったこと、そしてその感想を口にした時、ほんのり頬を赤らめた柊の表情だった。

第四章　幸せは猫とともに

いきなり尾籠《びろう》な話であるが、用を足す時は学校に来ている時も、なるべく生徒の目のつかないような所を選んでする。校内の土の部分で、草むらに隠れて。スッキリしたあとはもちろん、砂かけも忘れない。そんな時間にはいろいろな生徒の内緒話というものが自然と耳に入ってくるものだ。

とくに最近では、良からぬ噂話も拾うことが多くなった。

「なんか最近あの子、微妙だよねー」

「あー、なんかバスケ部の政宗くんにも粉かけたらしいじゃん？」

「それで今は佐々木くんでしょ？　ああいうの、清純派ビッチって言うのかねー。クラス委員なのになー」

「それは言いすぎじゃない？　でも、付き合い悪くなったっていうか。なんか変わってきてるよね。微妙な人たちともつるむようになったし」

「なんか、八方美人なところあるよね？」

おそらく西沢のことであろうが、事実とは違うところもある流言飛語が飛び交う様は、柊たちへの悪口も相まって、聞いているとなにか胸がモヤモヤしてしまう。

そもそもが、西沢の本命は政宗でも、最近西沢たちを含めて友達付き合いをするようになった佐々木でもない。槻谷の存在を忘れないでほしい。槻谷！　影は薄いが、実は西沢の幼なじみポジションにいる槻谷をよろしく！　忘れないでね！

まあ、子供の陰口なんて猫も食わない。聞かなかったことにして、俺は昼食をともにしているであろう柊たち四人のもとへ向かった。三人ではなく、〃四人〃である。佐々木からのデートの誘いを柊が断ってからすぐに、ふたりの関係をいち早く察した西沢の介入もあって、孤立していた佐々木も、柊のグループに入るようになった。もっとも、「西沢が察した」といっても、柊と交際関係にあるという多大な誤解を解くまでには時間がかかったのだが。柊ひとりだった昼食風景は、今や西沢美玲、槻谷、佐々木が加わり、一種の賑《にぎ》やかな雰囲気までも醸し出すようになっていた。

今は冬真っ盛り。校庭から屋内に場所を移し、学食に併設されているカフェテリアを使っている。猫がいると文句は言われたことはないし、そこにはなにか、吹きだまりのような暖かさがあった。

「そういえば、そろそろ二学期も終わりだね。クリスマス、柊はなにか予定あるの？」

「ないよ。美玲こそ、槻谷くんと過ごすんじゃないの？」

何気なく切り出した会話に柊から突然のカウンターを入れられ、西沢と槻谷が同時にむせ返る。

「槻谷とは、そんなんじゃ……」

「立花、僕にだって、選ぶ権利が……」

「選ぶ権利ってなによ。槻谷にそんな権利があるわけないじゃない」

ピントのずれた反論を西沢がすると、佐々木が頭を掻いた。

「もうお前ら、付き合っちまえよ」

「佐々木くんはどうなの？　立花とデートとか、いい雰囲気になってたんでしょ？」

狼狽しつつ、槻谷が話を逸らそうとする。まあ、たしかに、デート騒動の一件があって以来、佐々木はどこか柊に惹かれているそぶりを見せるようになっている。

「あれは一時の気の迷いだし、その上で俺はとうに振られてるよ。な？　立花？」

佐々木は渋面になる。そこに、柊の鈴を転がすような声が被さった。

「振ったとかじゃないんだけど……ともかく、私は今年もしもと過ごすよ」

そう言って、柊の椅子の傍らに座る俺の頭を撫でる。俺は思わず目を細めた。

「まあ、美玲は槻谷く……男がいなくても、女子会とかあるんでしょ？　家に呼んだり、呼ばれたり？」

ふっと、間が空いた感じがしたが、西沢はすぐに笑顔になった。

「そうだねー。女子会もいいけど、家族と過ごすよ。欧米式のクリスマスってやつ？　お母さんが毎年、張り切ってケーキ作るんだ！」

嬉々として話す西沢を、複雑な表情をした槻谷がちらっと窺ったような気がした。

「そっか、もうクリスマスか……」

ふと、柊が感慨深げに呟き、それから表情に影を浮かべた。西沢がそれを視界に収め、

「あ」というような顔を見せ、軽く下を向いて呟く。

「そういえば、もう一年なんだね。あれから」

「あれから？」

ぶっきらぼうに聞く佐々木を、槻谷がすぐに諫めた。

「僕も知らないいんだけど、立ち入ってほしくないことってあるんじゃないかな」

「槻谷、なんかお前、初めて会った時よりどんどん偉そうになっていくな。もっとおどおどしてる感じだったのに」

「そ、そんなことないよ。佐々木くんのほうこそ、一緒にお昼食べるようになってから、どんどん温和になっていっているじゃないか」

佐々木の突っ込みに、槻谷はつっかえつっかえ返す。

たしかに、このふたりも、もちろん西沢も柊も、どんどんと変わっていっている。全員タイプは違うのに、お互いが気の置けない友人になりつつあるようだ。

西沢は仕切り直すように顔をあげ、憂鬱な感じを吹き払うように笑みを浮かべる。

「まあ、今は目前に迫ったクリスマスに向けて！　ハッピーなこと考えましょう」

柊も「そうだね」と頷いて、少し作ったような、おどけた笑顔で微笑むと、その場に、冬の冷気をほっと暖めるような、笑いの花が咲いた。

◆◇◆

師走の慌ただしい雰囲気が街を騒々しく染め上げる頃。

柊の家に帰り、暖房の効いた部屋でぬくぬくと丸くなっていると、いつものように、前触れもなく空気が緊張し、壁掛け時計の秒針が止まる。ため息をつきつつ、またしても俺は神の声と対峙《たいじ》することになった。


「お待ちかねの〝試練〟ターイム！」

「あー、無駄に高いテンションとかいいから。今回が、最後の〝試練〟になるんだったよな」

「瑣末《さまつ》なことは気にするな」

「気にするわ！　人間になれるかどうかの瀬戸際なんだからな」

「そんなに人間に未練があるのか、卑しい奴め」

「いや、なんかおかしいからね、お前の論法？　人間に戻ることを願って、なにがいけないの？」

「人間に戻るならいい。だが、お前が戻るのは、しょせんが社畜という〝畜生〟だ。今とどこが違う？」

「それは……」

「同じ畜生なら、今の体のほうがはるかにホワイトだろう。やったね！　三食昼寝付き！

まっさらホワイトな環境だよ！」

「それでも戻りたいんだよ。たしかに俺は、人間の尊厳を奪われていたのかもしれない。本当に、畜生として扱われていたんだと思う。でもな、だからこそまた人間に戻りたいんだ」

「なにか、思うところがあるようだな」

「まだ、言葉にもできない〝なにか〟だがな」

「ふむ。日々仕事に追われ、それだけが人生だったお前だが、なかなかどうして……今までの闇雲に人間に戻りたいのとは、人生に対する執着の仕方がまた違った感じを受ける」

「まあな。それで？　今回の〝試練〟は？」

「うむ、最後の〝試練〟だがな」

「ああ」

「教えてやらない」

「だから、なんでお前はそういう大事なところで威厳を落とすの？　おかしいからね？　今のシリアスな流れで、そういうのいらないから！」

「柊のトラウマを解決しよう」

「へ？　それが、〝試練〟？」

「そう言っているではないか」

「無茶振りすぎる。柊のトラウマとか、知らないから。そもそも柊は今、結構幸せにやってるよ？　わざわざトラウマを引っ張り出してどうするの？」

「やけに柊のことを心配するな。お前は〝試練〟を淡々とこなして人間に戻れれば、柊のことは知ったことではなかったのではないのか？」

「それは今も変わらないさ。俺は、人間に戻れれば高校生の青春など、どうなろうとかまわない。だが、今回の〝試練〟は、今までとは明らかに違う感じがする」

「どうなろうとかまわないと言いながら、いろいろ考えているではないか。ばかな奴め」

「ああ、ばかだと思うよ。でもな、今回はなにか違う。〝今〟がいいというのは、本当に大切なことだと思う。神にはわからないかもしれないが、人は〝今〟を生きることで精いっぱいなんだ。わざわざ、過去のトラウマなんて掘り返す必要はない」

「今回はやけに食い下がるではないか。今までの〝試練〟に意味を見いだしたのか？」

「いや、まったく。ただなんというか……柊が手に入れてきた、〝今〟を壊してしまいたくはない……そう思うんだ」

意外なことに、神はため息をついたあと、諭すように言った。

「たしかに〝今〟は、大切だ。だが、〝過去に縛られた今〟があるようでは、柊は幸せになれない。それではお前に課せられた〝使命〟を達成することはできんのだ」

「〝使命〟？　〝試練〟とはまた違うやつか？　どう違うの？」

「すぐにわかる」

「……あー、まあ、わかったよ。了解。それで、今回の期限は？」

「そ、そんなこと、長い付き合いなんだから、察してくれてもいいじゃない！」

「なんでいきなりツンデレ？　いや、察しろとか、無理だから！　お前とは絶対わかりあえないから！」

「今回のタイムリミットは」

　それだよな。いつもタイムリミットギリギリで寿命が縮んでるんだよ。というか、この神はタイムリミットを含めて〝試練〟を調整しているのだと勘ぐる時すらある。

「二週間後。ししゃもが死ぬ、十二月二十五日の深夜までだ」

「……は？」

　俺は思わず、間抜けすぎる声をあげてしまった。

◆◇◆

　ふたつ目の〝試練〟以来、俺は柊の学校をぶらつくことが多くなった。家にいてもやることがないからだ。お日様の光浴びるの、大事。

　人間の頃は「貴重な休みは、寝る以外したくない！　家から一歩たりとも出てやるものか！」と布団を被っていたものだが、猫になり、会社と距離を置いてみて初めて理解した。それまでは、少々の無理をしてでも生活するための糧《かて》を得る。仕事なんてつらくて当たり前なんだ。働いて、休みはひたすら暗い部屋で寝るだけ。それ以外の要素なんて、人生に必要ない。そう思っていた。信じていた。だが、そんな自分が、果たして今、猫のししゃもとして生きる以上に、幸せだったかというと、首を捻らざるをえない。

はたして俺は人間に、〝社畜〟に戻りたいのだろうか？

今回のタイムリミットはししゃもが死ぬまで。つまり、十二日後のクリスマスの深夜までということだ。神との対話があってから二日間は〝試練〟についてはまったく進捗がなかった。柊のトラウマの内容も依然として不明。というか、ししゃもが死ぬというのは決定事項なのだろうか。もし、ししゃもが死んだら、俺はどうなるのだろうかという不安もある。

まあ、少なくとも、柊たちとはお別れだな。たとえ俺が人間に戻れて晴れてハッピーエンドを迎えたとしても、結局柊とは離れることになる。

はん。それは幸せなことじゃないか？　それでいいと思う。でも、それで〝俺〟は……本当に納得できるのだろうか？　なんだろう、このもやっとした感じは。以前の俺なら、一笑に付していたことが、最近は煩わしく胸を刺すのだ。

そんなことを考えながら午前中、芝生の上に木立から散った枯れ葉が積み重なる中庭をあてどなく歩いていると、後ろのほうから「わー、なにこの子」「かーわーいー」というきゃいきゃいとした声が聞こえてきた。校内を散策中に、西沢と一緒にいるのを何度か見かけたことがある女子生徒三人だ。まあ、猫に対するテンプレ反応……と、不意に脇の下に手を通されたかと思うと、重力に逆らって体が上方に持ち上げられる。

ふわりとしたその感覚に、俺は戸惑った。女子生徒のひとりが、俺を抱き上げたのだ。

「やーん、毛がふさふさー」

「肉球！　肉球がぷにぷに！」

そんなことを口々に言いながら、突然の扱いに目をぐるぐるさせている俺に、三人の女子生徒が前足をつかんだり、頬をスリスリと寄せたりしてくる。

やめろ、頬を擦り寄せるな。吸うな。

「これって、立花さんといつも一緒にいる猫だよね」

「えー、あの立花さんと？　あの子、いつもツンケンしてるし似合わない」

「この子に癒やし成分を分けてもらって、冷血を温めてるんじゃない？」

言いたい放題だ。クラスで柊がどう見られているか、扱われているかが嫌でもわかる。

さすがに腹が立ち、思わず抗議の声をあげる。

「にゃあ」

「わ！　鳴き声もかわいー」

女子生徒たちは思い思いに盛り上がる。悲しいかな、俺があげた抗議の声は余計になぶられるだけのきっかけにすぎなかった。

その時。

「ねえ、ちょっと、みんな……」

突然怒気を孕《はら》んだ声が聞こえた。聞き覚えのある声だ。

首を巡らせると、そこには見覚えのあるセミロングの髪の楚々《そそ》とした容姿。

「あ、美玲じゃん？」

「どしたの？　なんか怒ってるみたいだけど？」

西沢の表情は、たしかに渋いもので、少し肩をいからせていた。それに敏感に気づいた女子生徒が、不思議そうな顔で西沢を見やる。

「あ、あー、別に怒ってないよ。そう見えちゃった？　心外だなー」

美玲はへにゃりと笑って、俺の頭を撫でる。

「ししゃもくん、今日も来てたんだね。柊は教室にいるよ。柊が来るまで、おりこうにしていられる？」

「にゃあ」

俺がタイミングよく鳴くと、女生徒たちが「きゃー」と騒ぐ。

「この子言葉がわかるみたい！」

「ね！　本当におりこうだね～」

そんな女子生徒たちの様子を見ながら、西沢はスカートをきゅっと握りしめた。

「ね、ねえ！　その、さ……ちょっと聞こえちゃったんだけど、柊のこと、みんな誤解してると思う」

「え、なにが？」

「でも、立花さんってさあ、なんだか……」

「……そういう話ってさ」

西沢は少し不機嫌そうな視線で女子生徒たちを一瞥したが、すぐにニッコリ笑いかける。

「あんまり気持ちいいもんじゃないしさ。……表面的な印象だけで柊を貶めるの、やめてくれると嬉しいかなって……」

女子生徒たちは顔を見合わせる。

そんな女子生徒たちに、西沢ははにかむように微笑んだ。

「だって、柊、私の友達だもん」

空気を読むことがうまい西沢にとって、それが無邪気な悪意に対する精いっぱいの抗議であることは、女子高生の友人関係のなんたるかを知らない俺ですらわかる。

そして。

聞こえてるよな、柊？　お前がそこの建物の陰に隠れていることなんてお見通しだよ。

なんたって、俺は猫なんだからな。猫の気配察知能力をなめるなよ？

今のお前には、こんなに素敵な、友達がいる。それは、お前自身が築き上げてきた、大切な資産なんだ。その意味、大事な意味は、わかるよな。

「それじゃ、おりこうにしているんだよ」

西沢は女子生徒の腕の中に収まっている俺の頭をポンポン、と叩いて去っていく。

「みゃあ」

俺が返事をするのと同時に、校舎の陰にあった柊の気配も消えた。

西沢の気持ち、伝わったかな？　伝わっているといいな、と思う。

「なんか、美玲って変わったよね」

「もともと変わってるんじゃない？　クラス委員なんてやってるくらいだし……」

「なんていうかなー、アレな感じだよね」

「微妙……？」

「それだよ！」

「ねー？」

そこまで聞いて、俺は「しゃー！」と女子生徒たちを威嚇する声をあげた。

ガキの青春のあれこれになんて関わらないつもりだったのに。今は人間に戻るために、ただ目の前の〝試練〟を乗り越えればいいだけなのに。俺はわけのわからないモヤモヤが治まらない自分に、さらなる苛立ちを感じていた。


その日の昼休み。

柊たちと俺は、普段のようにカフェテリアのテーブルを囲んでいた。

槻谷が、校庭のほうを向いてぽつりと呟いた。

「なんか、雨降ってきそうだね」

冬も本番、身を切るような冷気に、わずかな湿気を含んだ空気。そして、空は黒く濁っていて、いつ泣きだしてもおかしくない様子だった。

槻谷は軽く頭を振ると、西沢に話しかけた。

「西沢さん、大丈夫？」

「ん？　大丈夫だよ。傘置いてあるし」

槻谷はうーん、と唸って、「その意味じゃないんだけど……」と、ぼそぼそと言った。

「なに？　なにが言いたいの？」

「ね、美玲。槻谷くんと、私たちも同じこと考えてるんだけどさ……」

柊と槻谷は、顔を見合わせ、奥歯にものが挟まったように言う。

「え？　なんなの、ふたりとも？」

「お前ら遠回しすぎ。ストレートに言わせてもらうぞ。西沢、最近お前の立場、微妙になってないか？　ほら、俺たちみたいなカスどもと付き合ってるとさ？」

こういう時、佐々木は四人を引っ張るような発言をするようになっている。

部活で培ったコミュニケーション力だろうか。周りの人間が口を開くべきか迷っている時に、自分の意見を言えるというのは、それだけで才能だと思う。

佐々木のフォローに、西沢は目をぱちくりさせた。

「あは、心配してくれてるの？　大丈夫です。私、クラスのみんなとも仲良しだし。それに佐々木くんも、柊も……不本意だけど槻谷も、大切な友達であることには変わりないじゃない。なんかみんな変だよ？　柊も、なにかあった？」

「ううん、勘違いなら、いいんだ」

柊はかぶりを振った。

「そういえば、今度のクリスマス。美玲は家族と過ごすって言ってたけどさ」

「うん。この前、お母さんとツリーの飾りつけもしたよ」

嬉々として話す西沢に、槻谷が口を開きかけたが、首を振って口を噤んだように見えた。

柊は、やや硬い声で、西沢をはじめとしたみんなに視線を巡らせた。

「夜は家族と過ごすとしてさ、その前に、夕方まででいいから、みんなでパーティーでもしない？」

「えー？　そういうキャラだっけ、柊？」

西沢が驚いたような顔をする。まあ柊も、誘うのには勇気が必要だったんだろうけど。

「いいじゃん。俺も部活やってた時はともかく、今はつるむ奴なんてお前らくらいだしな」

「そっか。それで、どうかな、美玲？」

「え？　あ、いいかもね。でも、場所はうち以外だと助かるかな……」

「槻谷くんはどう？　あなたが承諾すれば、美玲も即決だと思うよ」

「ちょ、ちょっと、柊！」

柊は少し意地悪そうに、いたずらっぽく微笑んだ。

「どうかな、槻谷くん？　クリスマスの予定は？　一緒に過ごす約束してる子でもいる？」

「槻谷にそんな甲斐性あるわけないじゃない！」

「ひどいな。僕は、まあ、基本ぼっちだから……」

西沢はほっとしたような息を吐く。

「それならいいよな。彼女候補は一目瞭然でいるってわかるし、俺なんかより立派にリア充だぜ、槻谷」

「え……？　な、なに勝手に話進めてるのよ、あなたたち⁉」

ひとり不機嫌そうな西沢を除き、その場に和んだ笑い声が起こった。


放課後になってぐずりにぐずっていた曇天はとうとう細く長い糸を吐き出し、天と地上に幾筋もの線をつないでいた。

西沢は、クラス委員の仕事がない日には、今日のように柊と一緒に帰ることもある。この日もそうだった。柊は、鞄から折り畳み傘を取り出しながら西沢に尋ねる。

「やっぱり降ってきたね。傘持ってきた？」

「柊は折り畳み派なんだね。私は置き傘あるから」

西沢は傘立てのほうに足を向ける。そこにささっている傘をじーっと見渡して、ひとつ首をかしげる。

「どうしたの、美玲？」

「置いてあったはずの傘がないんだよね。お気に入りの傘だし、イニシャル書いてあるから、見落とすはずないんだけど。間違えて持ってかれたかな？」

「やだね。傘、平気で盗む奴とかいるから」

「まあ、しょうがないか。柊、近くのコンビニでとりあえずビニール傘買うから、それまで入れてくれない？」

「いいけど、折り畳みで小さいから、少し濡れるよ？」

「水もしたたるいい女になっちゃうかもしれないね」

「なによそれ」

柊は笑って、柄を引っ張ると、傘を開いた。道が雨で濡れているので、俺は柊が肩に担ぐスクールバッグの上に乗っかり運んでもらう。華奢な柊には重労働だが、まあ、頑張ってもらおう。

コンビニまでは学校から五分ほどで、少し入り組んだ小道を進む必要がある。その道すがら、柊は西沢の顔を見ずに、ぽつりと呟いた。

「いろいろ、ありがとうね」

「なに、突然？」

「ん、別に。ただ、こうして学校にまた来れるようになったのも、人と一緒にお昼食べれるようになったのも、美玲のおかげだから。感謝してるんだ。そのことは、伝えたくて」

素直に感謝の言葉が言えるほどに柊の社交性は回復してきている。あの不登校の時の惨状を知っている俺としては、この前進には目を見張るものがあり……そして、少し嬉しい。

「それは私のおかげじゃなくて、柊が頑張ったからだよ、きっと」

西沢は、柊を一瞥するとそう言った。

その言葉に、柊は少し照れたように頷いた。

「ありがと。そういえば佐々木くんね、スポーツ科学を勉強しに進学するんだって。選手としては無理でも、コーチやマネージャーとしてバスケに関わるんだって言ってた」

「そっか」

西沢も気持ちのいい笑顔を見せる。

角を曲がり、電柱の陰にあるゴミ集収所を通り過ぎようとした時、ふと、目に入ったものがあった。俺は「にゃあ」と一声鳴いてふたりの注意を引きつけ、集収所のほうを見る。

「あ」

「あ、ししゃもくん、ナイス注意力だよ」

そこには、ゴミ袋の上に無造作に捨てられた傘が一本。

「これ、使えるかな？　セコいけど、使えたら、とりあえず傘買わなくてすむね」

西沢はそう言うと嬉々《きき》として傘に手を伸ばしかけ、そして、その場に凍りついた。

「どうしたの？」

柊が訝しげに西沢の表情を見て、傘に視線を移すと、柊の表情もまた、固まる。

「これ、私の……」

「……見間違いじゃない？」

西沢は首を振る。

「柄も大きさも、イニシャルも、私の……」

柊と西沢は言葉をなくして、しばらくそこに立ちすくんだ。

時間にしては短かっただろうが、いつまでも続くかのような凍てついた雰囲気を、わざとらしい、西沢の声が打ち破った。

「酷い人もいるんだね。盗んだあげくに、用ずみになったらゴミにポイ？　信じられないなー。ツイてないわ、まったく」

「そこのコンビニまで使って、新しい傘、買ったのかもね。……性格悪い奴はいるよ」

柊が、言いにくそうに、つっかえつっかえフォローする。

だが、ふたりとも、そんな戯言《ざれごと》を信じていないのは明白で。なにが起こったのかを察することができないほど無邪気ではなかった。

……失敗したな。俺があんな所に傘を見つけなければ。俺は決まりの悪さに尻尾を後ろ足の間に巻き込んだ。

そう、お節介にも、声をかけなければ。もしかしたら、この翌日に起こった「あのこと」も、ふたりはうまく自分たちをごまかして、偽っていられたのかもしれないのに。

翌日は昨日とは異なり透明感のある快晴で、昼休みの時間もわずかばかりになった頃、俺は柊たちに先立ってカフェテリアを抜け出し、我がもの顔で校内の芝生の上に寝転んでいた。校内は俺の庭。もはや、校舎の外の領域に限っては、俺の縄張りと言ってもいい。いや、良くない、などと考えつつ、芝生に横たえた体をよじる。

すると目にしたくもない光景が、視界に飛び込んできた。昨日俺の体をおもちゃにして和気藹々《あいあい》としていた女子生徒たちのうちのふたりが、俺を見かけて談笑しながらこちらへ向かってきた。

逃げるが勝ちだったが、慌てて起きだした時には、すでに俺は彼女たちに取り囲まれてしまった。気づけばあれよあれよいうまに脇腹をつかまれ、むりやり持ち上げられる。

「またこの子がいるー」

「かーわいー！　まさに忠猫ハチ公！」

「なにそれー？　ねえ、この子、教室まで連れていこうよ！」

「え、でもそれってヤバくない？」

「いいからいいから。立花さんのところに連れていこうよ」

調子に乗った一方の発言に、躊躇した声があがる。

「でも、ちょっとねー、教室っていうのは……」

「大丈夫だよ。行こうよ、立花さんだって、クールに見えるけど動物好きの優しい子なんでしょ？　あの〝いい子〟の委員長だってそう言ってたじゃん」

「そうだね、うちのクラス、マスコット成分が足りてないわ」

「ねー」

俺はぎゅーっと抱きしめられ、おもちゃにされる。これで教室なんぞに連れていかれた日には、クラス中の奴らに弄《もてあそ》ばれるのは明白だ。

うおー、離せ！　必死で身をよじるが、がっしり捕まえられている。

「にゃあああ！」

「ほら、この子も教室行きたいみたいよ？」

違うから。お前らがしつこすぎるだけだから。

「ちゃんと私たちの言ってること、わかるんだね。賢い賢い」

いや、お前らは俺の言っていることをわかれ。少なくとも曲解するな。

「ぶみゅう！」

「あはは、わかったよ！　それじゃ、教室まで行こうか？」

「ふみゅー？」

曲解に次ぐ曲解の上、悲痛な声をあげた俺はうまい具合に抱きしめられて、柊のクラスに連行された。

教室に強制的にお持ち帰りされた俺は、すぐにクラスの生徒たちの好奇の視線に晒される。

教室に俺を連れてきた張本人である女子生徒は、クラス内を見回して、カフェテリアから戻っていた柊を見つけると、無邪気な悪意で微笑んだ。

「立花さーん、この子、借りてるよー」

「確か、し……しーちゃんっていうんでしょ？」

柊が、困惑した表情でこちらを見る。

「は？　なんでこんな所まで連れてくるの？　先生に見つかったら騒ぎになるじゃない。しじゃもも嫌がってるし、外に戻してよ」

西沢たち以外の他者にはとことん強気を見せる柊が、あくまでドライに言い返すと、女子生徒ふたりはブーブー言いだす。

「つめたーい。なんでそんなこと言うの？」

「もしかして、あんまりかわいがっていないとか？」

「ねー？」

「なにが言いたいの？　あんたら……」

不機嫌を顕《あら》わにして、柊が女子生徒たちを睨みつける。

「え、べつに……ねー」

と、そこで鋭い声が割って入った。

「やめなよ、さっきから。それに、柊は、そんな子じゃないよ」

西沢だ。柊と同じく、表情は険しい。俺を教室に入れたことよりも、俺をだしにしてふざけているのが許せないのだろう。柊も、西沢も、そういう奴だからな。こいつらの言わんとしていることは、付き合いの長い俺は、よく理解しているつもりだ。

「ちょっとした冗談じゃん」

「なにマジになってんの？」

「だって、あなたたちが……！」

ぐっと拳を握る西沢に、女子生徒ふたりは、軽い調子で切り返す。ただ、若干の負い目からか、腕の締めつけが弱まったのでこの隙に女子生徒の拘束からするりと抜け出した。

女子生徒は、不満そうに口をとがらせる。

「クラス委員は、えこひいきはいけないと思いマース」

「そういえば、立花さんの不登校を治したのも美玲だったよね」

「ちょ、ちょっと、なにを言ってるのよ。柊の不登校のことは関係な……」

「そうそう、最近付き合い悪くなったし」

「立花さんがまた学校に来てからだよね。それまでは仲良くなかったのに」

「だから、なにが言いたいの？」

西沢は頭に血がのぼりかけている感じで、苛立たしげに詰問した。

「えー？」

「わからないのかなー、空気読むの上手じゃん、美玲」

「マジ怒りとか、ひくわー」

その言葉のとおり、〝かわいいおふざけ〟で事をすまそうとしている女子生徒ふたりは、ドン引きした表情を作っていた。

と、ひとりが、パン、と手を合わせる。

その表情には、ありありとした意地の悪い笑顔が張り付いている。

「そういえばさ！　美玲のお母さんが大学生くらいのイケメンと腕を組みながら歩いて

たって、うちの母親が言ってんだけど、美玲ってお兄さんなんかいたっけ？」

　その微妙に悪意のまぶされた話題転換に、愕然《がくぜん》と形容するのがぴったりな表情で、西沢が凍りつく。

「えー、ほんと？　イケメンお兄さん？　紹介してよ」

　西沢はなにも言い返さない。

「え、嘘……なんで無言なの？」

「え？　もしかして、やっぱり？　逆援交ってやつ？」

「えー、優等生の美玲のお母さんだよ？　そんなのあるわけないじゃん」

　その時、がたっと音を鳴らして、席を立った男子生徒がいた。

「も、もうそこらへんで……や、やめ……」

　槻谷だ。最後まで言い切れていないが、意図はわかる。普段空気とされている存在の突然の反逆に、クラスはしんと静まりかえった。視線を一身に浴びて、さらに言葉に詰まる。

　羞恥心からだろう、顔色はもはや土気色だ。

　女子生徒たちは、ばかにしたような反応で返す。

「なに、あいつ。キモ」

「そういえばさ、美玲とあいつって……」

「なんか最近、委員長には一気にいろいろ裏切られてる感じだよねー」

「そうだよな、お前らは期待を裏切らないよな。相変わらずのクズだよ、お前ら」

言いたい放題の女子生徒たちに、椅子に大きく背を預け、頭の後ろで手を組みながら、佐々木が憮然とした感じで言う。

「佐々木くんまでなに言ってるの？」

「いや、単にムカついただけ」

乱暴に言う佐々木に、女子生徒たちは顔を見合わせた。

「佐々木くんも、ねえ？」

「少し感じ悪いよ？」

「ちょっと、いい加減にしてくれる？」

と、柊が怒気を瞳に揺らめかせて、女子生徒たちを一瞥する。

「美玲たちは私を助けてくれたの。なにも知らないくせに、あーだこーだ、本当にムカつく！」

激高する柊に、女子生徒たちは目に見えてうろたえた。

「で、でもさー、美玲のお母さんに、素敵な彼氏がいるって、なんか羨ましいじゃん」

「ちょっと興味があっただけだよ。てか、なんであんたたちすぐにマジになるわけ？」

柊は急角度に眉を釣り上げる。

「たしかに、私たちは外れ者だし、美玲の家庭にだって、なにかあるのかもしれない。でも、そんなことあなたたちには関係ないじゃない。美玲のお母さんは、素敵な人だって私は何度も本人から聞いてる。勝手なことばかりで、知った口きかないで。本当にムカつく」

柊は一気呵成《いっきかせい》に吐き捨てて、西沢を振り返る。

「……美玲、気にすることないよ」

しかし、西沢はむしろたじろいだように身を引いた。

「ちょ、ちょっと、お手洗い行ってくるね」

取り繕うように呟いて、西沢は教室を出ていく。それを見て、柊は険しい目で女子生徒たちに一瞥をくれると、西沢の後を追った。

とりあえず俺も教室を後にするが、少しだけ槻谷を褒めてやろうという気がわいてきた。こいつも、立ち上がっただけとはいえ、成長したもんだと思う。

俺はとことこと槻谷のほうに歩いていくと、足に擦り寄って、「にゃあ」と一声かけてやる。槻谷は俺の頭を軽く撫でると、少し困ったような笑みを浮かべた。

「お前のご主人様……頑張ったけど、ちょっと重かったね」

なにを言っているのだろう？　俺は首をかしげる。佐々木のほうに視線を巡らせると、荒々しく鼻息を吐いて、不愉快な噂話に舌打ちしたところだった。

静まり返ったクラスに、再びひそひそと声が立つ。

それは、柊を責めるものももちろんあったが、西沢の母親の逆援交を話の種にしているほうが、むしろ多かったかもしれない。

それをしばらく不快な気持ちで聞いたあと、俺はゆっくりとした動作で、柊と西沢の後を追うことにした。

教室を出て、耳を澄ます。

柊と西沢の声が、俺の聴覚に引っかかった。どうやらふたりは教室から離れた、階段の踊り場で話しあっているようだ。と、俺は首をかしげる。どうも、ふたりの会話に緊張感がある。慰めあっているようにはとても聞こえない。なんなのだろうか？

声の聞こえるほう、踊り場まで、足を向ける。

そして、ふたりの姿を視界に捉えた時だ。不意に西沢のイラついた声が破裂した。

「っていうかさ、柊。クラスの私の立ち位置とか、空気読んでくれないかな？　みんなの前であんな敵を作るような言い方されたら、余計波風立つじゃん！　はっきり言って迷惑だったよ？」

俺は思わず息をのんだ。なんでだ？　違うだろ、柊はそんなつもりで声をあげたんじゃない。お前だってわかってるだろう？　柊は、お前が大切だからこそ、なけなしの勇気を絞り出したんだ。

「だって、それは……」

柊も困惑しながら、弁明を試みる。しかし、返ってきた声は苛烈すぎるものだった。

「は？　なんにでも首突っ込まないでよ。柊のほうこそ、私のなにを知っているというの？　時々あなたのそういうところってさ。正直言ってイラッとする！」

柊は思わず言葉をのみ込む。

　空気を読んでみんなと仲良くやっていくのは、西沢のスキルだ。だからこそ、西沢の爆発は、俺たちにとっては衝撃で。

「で、でも、美玲！　私は……！」

「あなたなにも変わってない！　そうやってひとりよがりの正義感を振りかざして、篠原さんのことを追い詰めたんでしょ！」

　篠原？　誰だ？　絶句する柊の脇を擦り抜けると、西沢は教室に帰ろうともせず、そのまま階段を駆けおりていった。

「なんで……？」

　柊は、しばらくその場に凍りついていたが、踊り場の壁に体を預けると、ずるずると崩れ落ちた。

「にゃあ」

　気まずい思いで声をかけると、柊は力ない笑みを浮かべ、その場にしゃがんで、ただ俯いてしまった。

　柊、西沢、槻谷、佐々木。四人でいつも囲んでいた昼食の輪が崩れ、西沢が入り込まなくなるのは、この事件があってからだ。

　翌日は珍しく眠気もなかったため、昨日のように目立たないように極力注意しつつ、俺は午前中から高校の敷地内をうろついていた。

体育館と校舎をつなぐ渡り廊下のほうに足を向けた時、ひとりで体育館から出てきたジャージ姿の西沢が目についた。向こうはまだ俺には気づいていない。

声をかけようとして、西沢の後をついていくひとりの少女の影に気づく。柊だ。

靴紐《くつひも》がほどけたのだろうか、西沢がおもむろにしゃがみ込む。すると、後に続いていた柊も西沢と少し距離を空けて足を止めた。柊は西沢の背中をじっと見ると、そのまま胸に左手を当て、なにがあるわけでもなしに、あちこちに視線を飛ばす。昨日微妙になってしまった西沢に、声をかけたいのだろう。頑張れ、柊。

柊は一歩二歩と前へ進む。そして俯いて唇を噛むと、息を吸い込んで再び左手を胸に当てた。そして、右手を前に差し出そうとした時、後ろから昨日柊のクラスで見かけた数人の女子生徒がバタバタ足音を立てて追いついてきた。俺を弄んだ女子生徒たちではないようだ。

「立花さーん」

「ひとり？　今日は猫くんは？」

「いつも猫連れ前提とか、ウケるんですけど」

そう言って、柊と西沢の間に壁を作るように、柊を取り囲んだ。西沢はチラリと後ろを見たが、手間取っているのか、紐を結ぶ作業を再開する。

「あ、あの……ちょっと」

「立花さん、今日って、お昼空いてる？」

「うちらとお昼ご飯食べようよ」

「え？」

「立花さんって、おとなしいというか、クールだと思ってたから、昨日のことで見直したっていうか」

「それに、あのふたりいつも調子に乗ってて嫌だったんだよね。ね、いつも同じ人と食べてたら飽きるでしょ？　たまには新鮮な空気入れようよ」

「え？　でも」

「立花さん、めっちゃキョドってる。ウケる！」

そう言って、女子生徒たちは笑い声をあげる。

「どうかな、お昼？」

「私は……」

詰め寄られて、柊は西沢のほうを見る。紐を結び終えたのか、ちょうど立ち上がったところだった。柊の瞳が、予想外の事態に不安で揺らいでいるのが窺えた。

今の会話は当然近くにいる西沢にも聞こえているはずだ。それがわかるから、柊は居心地が悪そうにしている。

「ね、一緒に食べようよ？」

「私は、あの……」

言いよどむ柊の声を聴いて、西沢が俯いていた顔をさらにさげた様子で、校舎のほうに歩きだした。クラスメイトに囲まれた柊と西沢の間に距離が開いていくごとに、俺には西沢の後ろ姿がひどく、暗く小さくなっていくように感じられた。

その日の昼休み、柊はカフェテリアに弁当箱を抱えていくと、入り口あたりで周囲を見渡したあと、軽く首を振って、ため息をついた。

結局柊はクラスメイトの誘いに乗らなかった。ひとりきりで、端っこのテーブルのほうを選んで座る。

お？　西沢の姿こそ見えないものの、槻谷と佐々木、いるよ？　一緒に食べないの？というか、むしろ意識してふたりと距離を置いているように見える。西沢との間がギクシャクして、いつものように〝みんな〟と食事をとるわけにもいかず、物理的にも心理的にも距離を置きたいのかもしれないが、ふたりの姿を意識してしまうのか、挙動がややぎこちない。

柊は上を向いて息をつくと、弁当箱の包みをようやくほどいた。俺も仕方なく、そんな柊の足元に身を落ち着かせる。

柊はそのまま、ひとり寂しく弁当に箸を突っ込む。

しばらくそうしていたが、そんな柊の姿に気づいたのだろう。佐々木が槻谷を引っ張る形で近寄ってくる。槻谷は弁当箱、佐々木は定食の盆を持って柊の座るテーブルまでやって来た。

「なに？　お前、なんでひとりで食ってるの？　俺たちのこと無視してるわけ？」

「まあ、そんなつもりじゃないんだろうけど……」

ぶっきらぼうに佐々木が言い、槻谷が柔らかくフォローする。

柊は、眼前に現れたふたりに、瞳に軽い戸惑いの色を浮かべ、居心地悪そうに、つかんだ箸を揺らした。

「女子の間では、お前より、むしろ西沢が浮いたんだろ？　目立ってたほうを引きずり落とす。ほんと女って怖いよな」

「いや、男社会でもあるけどね……」

佐々木が槻谷の言葉に眉を顰め、舌打ちをすると、槻谷はため息をついた。

「西沢さん、どこで昼飯を食べてるんだろうね……」

「……知らないよ、そんなこと」

しょぼくれたように、柊が答える。

「なんだよ、もしかして西沢とお前、なんかあったか？」

いやに鋭いところのある佐々木に、柊はぎょっとした。だがそれも一瞬で、すぐに表情を消す。

「なにもないよ。なにも……」

疲れたように言う柊に、ふたりは顔を見合わせたが、それ以上追求することはしなかった。

タイムリミットまであと八日。柊と西沢の仲違《なかたが》いから二日ほど経つが、結局西沢は今日も昼にカフェテリアで顔を合わせている柊たちと合流することはなかった。あるいは以前のようにクラスに再び解け込んで、元のグループの友達と一緒に食事をしたり、行動をともにしているのかもしれないと思ったが、柊たちの会話を聞く限り、世の中はそんなに甘くはできていないようだ。

いったん広まった噂は、執拗に足を引っ張る。そして容易には這《は》い上がれない。それが人生というものなのだから。

「美玲を誘えば、また私たちのところに戻ってくるかな？　自分が手を差し伸べる時は、自分の教室の中での位置とか、そんなのなんか気にしないくせに……ばかなんだから」

「違うな。クラスで重宝されている時は、逆に余裕があるから、そんなのを気にせずにいられるんだよ」

佐々木が舌打ち交じりに言う。

そのとおりかもしれない。人は余裕があって初めて人に手を差し伸べられるし、人に寛容になれる。

「私、なんか嫌われちゃって……。美玲は、私のせいでここに来ないのかも」

今になってようやく西沢との仲違いのことを話せるようになった柊は、そう言うとため息をついた。

「それはあるのかもしれないけど、西沢さんも悪いよ。自分から来るのを待つしかないと思う」

佐々木は腕を組み、槻谷は頭を人差し指でコリコリ掻いた。柊は俯いて、首を振る。

いるべき者がひとり欠けただけの食卓は、なぜか人ひとりでは埋められないほどの寂寥《せきりょう》感《かん》を押し込めていて。冷たく、重い空気がただ、カフェテリアのその一角に澱《よど》んでいた。


「ししゃも、結局、美玲とは話せないままだね……」

「みゅう」

落ち込みながら帰路につく柊に並んで歩きながら、俺は相槌《あいづち》の声をあげた。

それにつけても、西沢のことも心配だが、俺の目下の課題は『柊のトラウマを解消すること』なんだよな。それができなかったら、ししゃもと一緒に、俺はたぶん死ぬ。可及的《かきゅうてき》速やかに〝試練〟を乗り越えなくてはならない立場にいるわけだ。

「ねえ、ししゃも……」

「みゃ……」

異変は突然に訪れた。まさに、「……やあ」と鳴き終えるか否かの瞬間。

「ハッッッッ！　ハッッッッ！　ハッッッッ！　ばう！　ばう！」

「ごめんなさーい！　今、捕まえますから！」

こちらに爆走してくるコリー犬と、ずるずると引きずられている長いリードに、なんとか追いつこうとしている飼い主らしきメガネの女性。

犬は尻尾を振りながら真っすぐこっちへ向かってくる。

ターゲット、俺？

コリーは単に遊びたくて駆けてきているだけかもしれないけど、この体格差だぞ？　なにこの急に用意された死線？

本能的に、俺の体は竦み上がった。全身の毛が逆立ち、ブワッと尻尾が膨らむ。

「待って！」

突然の出来事にフリーズしている俺の前に立ち、いち早く行動に出た柊は両手を広げる。少し足を震わせながらも、柊は必死に壁になろうとする。俺はすかさず柊の後ろに隠れる。

「ししゃも、大丈夫？」

女の子の陰に隠れるというのは男の矜持に反するが、今の俺は男じゃない。オスだ。か弱き一匹の猫なのだ。じゃれつかれるだけだろうとわかっているものの、危険を避ける猫の本能に抗えず、俺はその場から駆け出した。そう、猫のくせに、俺は〝脱《だっ》兎《と》のごとく〟その危機から全力で逃げた。

「あ！　どこ行くの？　ししゃも！」

後ろで、柊の狼狽する声が聞こえる。ちらりと振り返ると、コリーは柊に軽くタックルをかまして、その隙に柊の堤防を擦り抜けたところだった。そして、ちぎれんばかりに尻尾を振りつつ、そのまま俺を追いかけてくる。

俺は必死になって道を右に左に駆け回る。

今、どこを走っているのかなんてわからないようになった時、なんとかして、とうとう、大型のコリーには入り込めない、小さな隙間的な路地に入り込んだ。

「ばうっ！　くぅーん……」

路地の前で悲しそうに吠えるコリー。

俺は息を整えながらも胸を撫で下ろすが、もう体力限界。猫になってから走ってばっかりだが、体が慣れることはない。

当面の危機は去ったとはいえ、どこをどう走ってきたのか、まるで覚えていない。帰り道を塞がれてるから、とりあえず前進するしか選択肢がないんだよな。路地を抜けると、やはり見知らぬ街並み。

さてどうしたものかと、さすがに心細くなって道の脇にしゃがみ込む。

「みゅう……」

つい、哀れっぽい嘆き声をあげてしまう。

ふと、ズキンと右後ろ足が痛んだ。首を巡らせて見てみると、どこで引っかけたか、わずかばかりの切り傷を負っており、毛皮にぽつんと血の染みが滲《にじ》んでいた。

意識すると、ズキンズキンと、とたんに痛くなる。軽くなめてみると、錆びた鉄の匂いが口の中いっぱいに広がり、思わず顔をしかめた。絶望に、再びもの悲しい声がこぼれ出る。

その時の出来事だった。

「あれ？　柊の……ししゃもくん？」

聞き覚えのある女子の声。振り返ると、明るいセミロングの髪の、楚々とした風情。

「みゅう」

縋るような声をあげると、西沢の目が見開かれた。

「あ、怪我《けが》してるんだね」

そのとおり、手負いの獣の私です。偶然とはいえ、西沢に出会えたのは渡りに船だ。頭の中のコンピューターをフル回転させながら、スマートな答えに行き着く。うん、これだ。

俺は『助けてアピール』のために、西沢の足にまとわりつくことにした。ひたすら哀れっぽい声をあげ、じっと西沢の顔を見つめる。これぞ最適解。

「みゅう……」

なにはともあれ。恥も外聞も捨てます。助けてください。

◆◇◆

二階にある西沢の部屋に連れていかれると、消毒液を染み込ませた脱脂綿でちょんちょん、と俺の足の傷が消毒される。

かすかだが、刺すような痛みに、俺はきゅっと目をつぶった。西沢はガーゼを右後ろ足の傷口に当てると、手際良くくるくると包帯を巻く。

「はい、終わり」

女の子座りのまま満足げに腰に両手を当てる西沢に、俺は機嫌よく尻尾を立てるとお礼の鳴き声をあげた。

「あはは、どういたしまして」

西沢は柔らかく微笑んで、次いで、少し困ったような顔になる。

「ししゃもくん、このままひとりで家に帰れるかな……？」

いや、ちょっと自信がない。西沢邸には柊と一度、一緒に来たことはあるが、ずいぶん前のことなので健忘症寸前のアラサーは不覚にも道順を忘れてしまっていた。スマホの地図があれば、なんとかなるのだが。こういう時、現代人のアナログ的能力の低下を思い知らされる。

神妙な面持ちで俯くと、西沢は「そうだよね……」とため息を吐く。

「とりあえず、柊に連絡だね……緊急事態だし。しょうがないよね」

そう言って、スマホを取り出す。西沢のスマホをフリックする手が、一瞬、緊張に震えた。西沢はスマホから指を離し、数回握ったり開いたりを繰り返す。

それから深呼吸をひとつすると、目的の電話番号をタップした。

「あ、もしもし、柊？　えと……ししゃもくん、うちにいるよ。犬に……？　そっかあ。怪我してたから、お母さんと一緒に手当てしてたの……」

俺は西沢の母親に手当てされた覚えはないのだが。西沢は、柊と話しながら俺の頭をぐりぐり撫で回す。

「うん、怪我は大丈夫。え、うちに？　こっちが行くよ？　……え？　あ、うん……」

どうやら柊は、こちらの家に来ると言っているらしい。もしかしたら、この機会に、西沢と仲直りすることを考えているのかもしれない。答える西沢の声は少し煩わしそうな音律も混ざったが、ため息とともに、譲歩することに決めたようだった。

「わかった。なら、一時間後に」

美玲は大きくため息をつくと、こちらを見て淡く微笑む。

「あなたのご主人様、一度言い出すと頑固だもんね。……あ、もうこんな時間だ。ご飯作らないと。下、降りるね。ししゃもくんもついてくる？」

賛同の声をあげると、西沢の後に続いて、二階にある部屋から階段をおりていく。

途中までおりた時、階段脇の廊下を、玄関のほうに向かい、ひとりのウェーブがかった長い髪の女性が歩いていくのが見えた。若作りだが、四十歳は超えているように見える。派手な色のセットアップに、上品なウールのコートをまとい、それにストールを巻いている。

どことなく嫌な感じだ。俺と西沢が「ただいま」と帰宅した時、顔も見せなかった。

「あ、お母さん。今、ご飯作るよ」

その声に被さるようにスマホの着信音が鳴ると、母親は声をかけた娘のことなどかまいもせず、それを耳に当てて陽気な声をあげた。

「まーくん？　うん、今家出るとこ。なにか食べたいものある？　おごっちゃうよ！」

暗い表情で俯く西沢を、電話を切った母親が振り返った。どことなく西沢と似た目鼻立ちをした美人なのに、なにかイライラした印象を与える人だ。

「美玲、これから出るから、ご飯は適当に食べてね。お金、いる？」

「……ううん」

「そう。お父さん帰ってきたら……どうせ帰ってこないわよね、今日も。まあいいわ。それじゃ、いつもどおり、ちゃんとしててね」

「……うん、わかってる」

「それと、イブとクリスマスは予定入っちゃうと思うから、お父さんと過ごしなさい。あの人が家にいればだけど……大丈夫よね？」

「大丈夫だよ、お母さん」

「それでいいわ。それじゃ、行くわね」

西沢の母親は、せかせかと玄関ドアを開けて家を出ていった。

な、なんだ、この母親の他人然とした態度。西沢から聞いていた話とはずいぶん違う。

クラスの奴が男連れで見かけたって言ってたけど、つまりそういうこと？

「ご飯作ろっか、ししゃもくん」

気を取り直すように言い、西沢はキッチンへ向かうと、豚肉とジャガイモ、玉葱《たまねぎ》を用意し、皮をむくと、玉葱を切り刻みはじめた。

真面目で、絵に描いたようないい子で、社交的な西沢。対する母親は、そんないい子の西沢を顧みることもなく出かけてしまった。家庭環境というのは、実際に目の当たりにしてみないとわからないものだ。

「お母さん、忙しいんだー」

西沢は明るく言いながら玉葱に包丁を入れる。

西沢、お前……。あんな母親に文句ひとつ言わないのか？　見るからに痛々しい西沢に、どうすんの、俺。どうするべきなの？

「みゅう」

悩んだ末に一声鳴くと、西沢の足元に頭を軽く押しつける。

西沢はチラリとこちらを見下ろすと、軽く微笑んだ。それから、また包丁をトントンと動かす。

「ししゃもくん、これが我が家の本当の姿だよ。お母さんと仲がいいなんて私の嘘。お母さんは、若い男の人に夢中なの。お父さんは滅多に帰ってこない」

「……にゃ」

「だからね、私はいい子じゃないといけないの。しっかりしてないと、お母さんもお父さんももっと私に無関心になっちゃう。いつものことだよ。私は……クリスマスを家族と一緒に過ごすことなんて……」

「みゅう……」

俺はなんと言っていいかわからず、そんな声かけをすると、西沢の足に前足を添えた。

西沢が視線を向けると、その瞳をじっと見つめ、「みゅう」と再び鳴く。

不意に、西沢の目から、一滴の涙がこぼれた。その涙に驚いたように、西沢は手首で目を拭う。

「あれ、玉葱が……おかしいな。いつもは平気なのに……おかしいな……」

西沢が強がれるのはそこまでだった。

「せめて、クリスマスの夜くらい、一緒にいたかったのに。私、いい子にしなきゃいけないのに……友達も、いっぱいいなきゃいけないのに……みんなに嫌われて。いい子にしてるのに、なにもかもうまくいかない。だから、見捨てられちゃう……私が悪い子だから？」

強がりの堤防が崩れると、西沢の瞳から止めどなく涙があふれ出た。

「もう、嫌だあ……」

包丁を置くとそう呟いて、俺の前にしゃがみ込む。西沢は俺を抱き上げて、涙に濡れる顔を押し付けてきた。俺はその行為を、どうしても拒絶することはできなかった。

お前、頑張ってたんだな。柊たちの世話を焼いて、みんなに求められる存在を保ちながら、ひとりで。こんな、誰にも気づかれないところで。

「にゃあ」

泣いていいぞ。頑張ってたよな。俺じゃ力不足かもしれないけど、せめて、今は。俺は、西沢が押し付けてくる顔に、顔を擦り付け返した。

「ししゃも」

西沢は、高い声でそう漏らす。

「うわ……うわああ！」

その慟哭《どうこく》は、ただただ、キッチンに響いていた。


三十分ほどして、西沢はようやく泣き止んだ。それからしばらくダイニングテーブルに突っ伏していたが、よろよろと起き上がって、今は顔を洗ってきたようだった。

西沢邸のインターフォンが鳴らされる。

「え、へへ……柊に、泣いてたこと気づかれたらなんて言い訳すればいいのかな……まあ、笑っていたら、大丈夫だよね」

西沢はそう自分を鼓舞すると俺の両脇に手を入れ、抱き上げる。

玄関のドアを開けると、猫用のキャリーを手に持った少し俯き加減の柊が立ち尽くしていた。

「あ、美玲。久しぶり、でも、ないけど……」

「うん……」

「あの、ありがとう。ししゃもの怪我の手当て」

「うん」

柊は顔をあげ、西沢と視線を交わす。と、柊の形のいい眉の間にしわが寄った。どうやら、西沢の目が腫れていることに気づいたらしい。まあ、そりゃ、気づくわな。

「あのさ、みれ……」

「それじゃあ、ししゃもくん、たしかに返すよ」

西沢は被せるようにそう言って、俺の前足の脇に手を当て、柊の胸に押し付ける。

「柊、じゃあ……」

いったんキャリーを足元に置き、俺を受け取ると、ドアを閉めようとする西沢を、柊は慌てて制止する。

「ま、待って！　どうしたの美玲？　もしかして泣いてたの？」

「え？　いや、夕ご飯の支度で玉葱切ってたから。それで」

柊は訝しげに美玲を見たが、口にしたのは別のことだった。

「ね、美玲。なんか最近いろいろあったけど、また一緒にご飯とか……食べたりできないかな？」

「え？　あー、そうだね、また一緒に食べられるといいよねー」

柊の外面がクールであるように、西沢の外面は八方美人ともとれる当たり障りのなさだ。だから柊の言葉を頭ごなしには否定しようとはしない。その言葉は空虚に響いた。

「私たち、元に戻れないかな？　私じゃ、美玲がしてくれた恩に報いられないかな？」

「え？　あ、あはは……そっか、そうだよねー、ちゃんと恩は返してもらわなきゃと言いたいところだけど……大丈夫だから」

「私、役に立ちたい。つらいこととか、話してくれれ……」

「大丈夫だから！」

西沢は下を向き、肩をいからせながら大声で柊の言葉を遮る。

「無理だよ、柊。どうして察してくれないの？　普通わかるでしょ？　私、今クラス内で浮いた立場にいるの、それって、ほとんどあなたたちのせいなんだよ？」

西沢は吐き捨てるように言うと、俯いた顔をあげた。

「だから、柊。私にはもう、関わらないで」

「私たちより大切……？　クラスの奴らと、うまくやっていくことが」

違う。西沢はきっと、今の自分が孤立した状況を、柊に押しつけたくないんだ。

「……うん」

絞り出すような声で肯定する西沢に、愕然として柊の瞳が見開かれた。それから、悲しそうにかぶりを振った柊は、肩を深く落とす。消沈した表情になると、俺を抱えたままなにも言わずに踵を返した。

だめだ、まだだ、まだ引くな、柊。

西沢はな、きっと、まだ。

俺は身をよじって上半身をひねると、柊の肩越しに西沢の顔をはっきりと見つめる。

「ちょ、ちょっと？　ししゃも？」

突然の俺の行為に柊が動転するが、知ったことではない。

俺は、西沢の顔をじっと見て、一声鳴いた。

「にゃあ！」

それでいいのか、と。西沢に、そう問いかけた。

西沢は少し驚いた顔で俺を凝視したが、すぐに斜め下に視線を外した。

「にゃあ！」

ふざけんな！　俺は叫んだ。たしかに西沢は、今は不安定だよ。柊も、西沢を思うからこそ、なにも言えずにいるんだろうよ？　だけどな、俺は猫畜生に身をやつしてまで、お前らが築き上げてきた、大切なものを見せつけられてるんだよ！　それを、こんなくだらない擦れ違いでぶっ壊しちまうのか？

ぶつかりあうのが青春だろ？　傷つけあうのが青春だろ？　西沢は、これからも毎日あんな寂しすぎる家に帰るのか？　柊は大切な友達を失って、悲しい高校生活を送らなきゃいけないのか？

ふざけんな！

「にゃあ！　にゃあ！　にゃあああ！」

「ちょ、し、ししゃも？　なに怒ってるの？」

ひとしきり騒いだあと、俺は、柊の顔と西沢の顔を交互に見やる。

なにかを感じたのか、西沢は俺の瞳を直視すると、全身を震わすように、両の拳をさげて俯き、それから、心から絞り出すように、途切れ途切れの声をあげた。

「柊」

「……ん？」

「私ね……汚いとこ、いっぱい持ってるの。でも、それを見せたら私じゃない……」

「見せてよ。今さら、美玲のこと嫌いになれるわけないじゃん。汚いとこ、見せていいんだよ」

「違うよ柊、そうじゃないの。そうじゃない！」

西沢は髪を振り乱して頭を振った。

「私は『西沢美玲』じゃなきゃいけないんだよ！　みんなに認められる、美玲じゃなきゃ、いけないいんだよ！」

「美玲……」

「だから、お願い。私を、私でいさせて。今までどおりの西沢美玲で。だから、ごめん」

俺は呆気にとられた。自分自身でいるがために、自分自身を騙《かた》り、自分自身を殺す。ばかなことだろう。だが、同時に気づいてしまった。それは、俺が社畜として生きてぃた人生と、どう違うって言うんだ？　自分を殺すことでなけなしの対価を得て、偽って、死んだ自分で生きていく。

それが、社畜だ。そして、俺もまたそんな大人の一員だった。

柊は呆然と、玄関を閉める西沢をただ見ていた。

だが、柊よりもむしろ、そんな西沢の言葉にいちばん答えなければいけなかったのは、西沢の悲しすぎる姿に、ただ歯噛みするしかなかった、俺のほうだったのかもしれない。

◆◇◆

次の日の放課後、帰路につく柊は、校舎から校門までの道すがらに、そうポツポツと話す。

「美玲、大丈夫かな……」

西沢は『西沢美玲であるために、西沢美玲であることを諦めている』。そんな笑えないパラドックスの渦中に身を置いている姿を見ているのは俺だってつらい。一方で、〝試練〟の期限までは、あと一週間しかなくなっていた。どうすればいいの、俺？

「……私、どこで間違ったのかな？」

俺は答えることはできない。仮に猫でなかったとしても、答える権利がなかった。

あの時言葉をかけられなかったのは、柊だけじゃない。むしろ俺自身も同じなのだ。

「帰ろうか、ししゃも」

「待てよ」

と、野太い声がかかった。柊にこんなに雑に声をかける人間はひとりしかいない。

「佐々木くん、槻谷くん……」

佐々木は槻谷の制服の首根っこを引っ張りながら柊のところまで来て、苦い顔をした。

「最近なんかすっきりしねぇからさ。いろいろ話そうぜ。で、考えて……ほら、コイツも連れてきたし」

「佐々木くん、痛いって。乱暴しないでくれ」

「槻谷は幼なじみなんだろ、西沢の？　なんか知ってるだろ？」

「まあ、知ってるといえば……」

「なら、吐け」

佐々木がぐりぐりとヘッドロックを決める。

「ちょっと、無理強いはよしてあげなよ」

柊は、乱暴すぎる佐々木を、止めに入る。しかし、少し顔を歪めて決意表明をしたのは槻谷のほうだった。

「いや、大丈夫。ごめん。むしろ話すべきだよね、立花には」

柊たちが校庭隅のベンチに腰を落ち着かせると、槻谷は訥々《とつとつ》と話しはじめた。


——西沢さんとは幼稚園の時から、学校もクラスもずっと一緒でね。

西沢さんの家庭は厳格で、本当に厳しい親御さんに育てられてたんだ。西沢さんも、昔から優等生で、成績はトップで運動神経も良くて、人当たりも良かった。昔から、そう。

でも、ただ一度、近所の僕の家に駆け込んできたことがある。小学三年生の頃だよ。靴も履かずに、裸足《はだし》だった。西沢さんはなにも言わなかったし、僕自身、女の子を家にあげるのは気恥ずかしい年齢だったから、たいして言葉も交わさなかった。

ただ、あの時、言ったんだ。一言だけ。「お父さんが怖いから帰りたくない、私は悪い子だから『いらない』って言われる」って。それから、おばさんがうちに西沢さんを迎えに来て、すごく怖い顔をしていたのは覚えてる。うちの親は、しばらく西沢さんに居てもらうように提案したけど、西沢さん本人が、「ごめんなさい、帰ります」って言ってね。

推測するしかないけど、かなり家庭環境が荒れていたみたい。でも、それを隠すように、西沢さんはクラスの花として、ご両親の自慢の娘さんとして知られていた。たぶん、西沢さんが、壊れそうな家庭をつなぎ止めるかすがいになっていたんじゃないかな。

それからは、いい子を演じている彼女を見ているのがつらくて。それで、そんな時、たまたま旅行した先の海岸できれいな石を見つけてさ。小さなかんらん石だったんだけど。僕、なにかそれが義務のように思えて、学校の帰りに、西沢さんに渡したんだ。「頑張れ」って。

また自分のことを話してくれたのは、その三年後、中学にあがったばかりの時なんだけどね。当時はバレンタインに義理チョコもらってたから。その時、言いにくそうに教えてくれたんだ。『お父さんが帰ってこないのは、よその家でも〝お父さん〟をやっているからだ』って。

それからだよ。おばさんの格好が派手になって、時折若い男の人と歩いているところを見るようになったのは。

力になりたかったけど、遅すぎた。その頃には、僕らのつながりは薄くなっていたし、彼女との格差も、埋められないほどになっていた。僕には、なにもできなかったんだ。


槻谷が話し終え、俺は内心で嘆息した。西沢が家族をつなぎとめるには、西沢自身が、〝立派な娘、西沢美玲〟として、存在しなくてはいけなかった、ということだ。あいつは必要とされる〝西沢美玲〟になるために、必死でもがいてきたのだろうか？

でも、そんな頑張りは父にも母にも伝わっていない。どうにもならないのに、それがわかってなお、西沢には〝いい子〟である以外の生き方が見つからないのだろう。

話を聞き終えると、柊は大きくひとつ息を吐いた。

「……私、ずけずけと美玲の大切な部分に入り込んでたんだ。美玲は〝美玲〟じゃなくなったら、存在意義すら感じられなくなってたのかもしれないね。それなのに私、ひとりよがりの友情を押しつけて……最低だよね」

「ばかか、立花？　そんなつもりじゃなかったんだろ」

乱暴だが、柊を思いやった佐々木の言葉に、疲れたような、かすかな笑みを浮かべて、柊はかぶりを振った。

「槻谷くん、ありがとう、話してくれて。……私、帰るね。ししゃも、行こう。佐々木くんも、ありがとう」

そう言って、柊はベンチから立ち上がった。

柊はまた、人と関わることを諦めてしまうのだろうか。人に傷つけられることに、人を傷つけることに、人一倍敏感で。そのくせ人の心に分け入っていく、面倒くさいお節介で。

そんな柊は、ひとつひとつ、心をぶつけながら、傷つけあいながらも、たしかに成長してきた。

こいつらの青春ドラマなんて、俺には関係ない。心の成長？　知るか？

でもさ。違うと思うんだ。なにかが違っている。

と、俺たちの背中のほうからいきなり大きな声があがった。

「立花！」

見ると、俯いて拳を握り締め、真っ赤な顔をした佐々木の姿があった。

柊が、振り返る。小首をかしげ、耳にかかった髪を無意識に掻き上げた。そんな柊を見て、佐々木はぐっと言葉を詰まらせながらも、ありったけの声をあげた。

「俺、頭わりーからさ！　よくわかんないけど、お前のそういう、お節介なところとかをひっくるめて、いいと思う！」

突然何事かと、下校途中の生徒たちが佐々木を振り返る。だが、そんな好奇の視線に晒され、真っ赤になりながらも、佐々木の眼ははっきりと柊を捉えた。

「俺はそういう立花の気持ち、全部いいって思ってるよ！」

その乱暴に叩きつける言葉に、柊は息をのんで佐々木の顔を凝視し、一瞬、泣きだしそうな、微妙な表情を作った。

「またね、佐々木くん、槻谷くん」

そう言って、胸のところで、軽く手を振る。

俺は、柊と一緒に歩きながらも、投げつけられた言葉に嘆息を禁じ得なかった。

ああ、そうなんだ。今の柊の周りには。

心を殺すんじゃなくて。心を偽るんじゃなくて。心をぶつける。

面倒くさい、そういうことを大切にしてくれて、声をかけてくれる人がいるんだ。

そんな関係は、感情は、「青くさい」って決めつけていた。「ガキの戯言に付き合っていないで、大人になれ」って、自分に言い聞かせて。今も〝試練〟じゃないことには、心を閉ざしていた。

でも、俺も一歩進もう。そんな気持ちが、心の奥をじんわりと熱くする。

今、俺が柊にやってやれること。そしてあの時、西沢に答えられなかった俺が、あの寂しすぎる少女にやってやれることは、いったい、なんだろう？

◆◇◆

「神！」

その日の夜、俺は意識を集中して、なにもない空間に向かって心の中で話しかけた。

「……珍しいではないか。お前のほうから話しかけてくるとは」

神はそんな俺に応じて、あっさり声を返してきた。

「お願いがある。俺を、一日でいい、人間に戻してくれないか？」

「ふむ。それはかまわんが、これが三回目、最後の人間化だぞ？〝試練〟のほうの進捗はどうした？」

俺は、ぐ、と言葉に詰まる。

「ししゃもが死ぬのはクリスマスだったな？　それなら、あと六日。もう時間がないんだ。いろいろ考えたが、西沢を……柊と、柊の大切な友達を放っておけない」

「高校生の青春など、どうでも良かったのではないか？　今さら関わったところで、お前に青春時代が返ってくるなどと、勘違いするなよ？」

「さらっと酷いこと言うな！　……でも、そのとおりだよ。俺にあいつらの恥ずかしい青春なんかに付き合う義理はないし、俺自身が十代に戻れるわけでもない。でもさ、奴らの勘違いした価値観とエゴに、反吐《へど》を吐きかけたい気持ちが収まらないんだ」

あるいは、社畜だった俺自身に。柊たちの抱える問題はそのまま、社畜として会社に飼い慣らされていた俺になぜか深く切り込んでくる。

「繰り返すが、これが最後の切り札だぞ？　お前はこの人間戻りを柊のトラウマを解消するという〝試練〟に直接使うつもりはないのだろう？　人間に戻れるのは一日だけだ。それでも、それを望むのか？」

深く心を抉《えぐ》られるからこそ、若さを謳歌《おうか》している後進どもに、一言文句を言ってやりたいんだ。そうしないと、彼らが進み出せないというわけではない。でもなにか、それは酷い焦燥感を持って居丈高に見下ろしてくるんだよ。『お前はそのままで、仮に人間に戻ったとしても、自分が明智正五郎であると胸を張れるのか？』って。

そして、その問いの答えなんて、今はひとつしかないんだ。

「ああ。頼む。人間にして、柊と会わせてくれ」

◆◇◆

そういえば、柊と会うのは、いつもこの公園だった。

神に人間に戻してほしいと頼んだ翌日、時刻は夕暮れ時になっていた。

やって来た大きな影と小さな影に、俺は息を大きく吸い込み、軽く右手をあげた。

「よう、女子高生。猫も、久しぶりだな」

「おじさん……まだ仕事、決まらないの？」

「いや、だからやめてねぇから。休職中だって」

まっとうと言えばまっとうだが、どこか肩すかしを食らう発言に俺は思わず苦笑した。

またしてもしもしゃもに誘導されてきた様子の柊は、ベンチに腰かけると、少し色づいた微笑みを浮かべた。もしかすると、ししゃもの誘導があった時点で、俺がいるというのがわかっていたのかもしれない。

「おじさんは、私が迷っていると、必ず現れるね。なんなの？　神様？」

「神なんていう低俗な奴と同列に置いてほしくはないが……まあ、俺も迷ってばかりだ」

「またわけがわからないこと言う」

柊は、心からおかしそうに笑う。

「おじさん、また、聞いてくれる？　一女子高生の悩み」

俺が肩を竦めて促すと、柊はゆっくりと口を開く。

「初めておじさんと話したあとに、友達になってくれた女の子がね、とても……とても重い悩みを抱えてるみたいなの」

柊は今回の西沢との諍《いさか》いと悲しい気持ち、どうしようもなくもどかしい気持ちを、赤裸々に話した。

「……その子はね、私を助けてくれた。でも、その時も、昔も、今も、ずっと苦しんでるんだよ。それなのに言ってくれたの。私を裏切らないって。友達だよって。私、その子と仲直りしたい。でも、結局私は、あの時と一緒……悩むんだよ。〝本当の友達〟ってなにかって。友達だなんて、結局私の気持ちをずけずけと押しつけているんじゃないかって」

やや訥々とではあるものの、柊は素直にそう話した。

俺は髪をくしゃくしゃと弄った。俺もその時から、いや、たぶん猫になって柊に出会ってからずっと、俺の中で、必死になって己に問い詰め、今になってようやく思い出した、シンプルな答えがある。それはきっと、そばでずっと柊たちを見てきたから。

「柊、お前たちの関係ってさ、〝友達だから〟とか、そういうのが前提なわけ？　もし一度裏切られたら、もう友達じゃないわけ？」

「そんなこと……」

「ああ、だから、俺にはお前らの関係がすごく奇妙に感じる。定義づけとか、線を引いて付き合って割り切れるほど、人間関係って単純じゃないだろ？　だから、それでもいちいち確認しなきゃいけないのは、自信が持てないからだ。ただ、お前ら自身が、お前らの関係が、そんな定義に頼らなきゃいけないほど頼りないってことだ」

俺だって高校生の頃は、自分が何者であるか、友情とはなんなのか、そんな稚拙な問いに、夜な夜な悩んだもんだ。自分がちっぽけで価値のない、社会の構成物のひとつでしかないことを、まだ社会に出てもいないうちから確信させられ、そんな人生の悲劇に酔っていた。

「きついな、おじさん……慰めてくれないの？」

「慰めないさ。それが頼りなくても、偽物ってわけじゃないからな。柊は、すでに大切なものを持っているよ。見過ごしているだけだ。だから、自分の心のままに、やりたいことをやればいいだけじゃねえの？」

そう。俺は大人になったら、子供の頃の自分に言ってやりたいことが、たしかにあった。

「大切なものを見直してみて、それがもし少しでも大切だと思うなら、手放さなければいい。答えはシンプルだろ？　だからさ……物事と、人と、向き合うことから、きれいごとや形式ばかりを言い訳にして、人生から逃げるな」

それが、大人になって、社畜になって、根こそぎ奪われてしまった青くさい答え。だから、今やっているのはまさに、その答えあわせなんだ。

柊の視線がじっと注がれる。俺は少し気恥ずかしくなって、ポリポリ頬を掻いた。

「そうあってほしい、君たち若い子には、社畜になっちまった俺自身が……ってこと」

「……そっか、そっか、そっかぁ」

柊は、顎に手を当てて、神妙に頷いている。

「やっぱりおじさんは……なんて言うか、変わってる」

俺が半眼で睨みつけると、柊はくすくすと笑う。

「ううん、ありがとう。本当にいつも、ありがとう。……これからも、ね？」

残念ながら、次回はないんだがな。俺は曖昧な表情で苦笑いした。

それにしても、人生から逃げるな、か。よく言えたもんだ。

でもこれで、自分に〝大人だから〟〝社会人だから〟なんてレッテルを貼って現実から逃げ続けてきた俺自身に、汚い大人に、俺は一発お見舞いしてやれた気がするんだ。

聖夜まではあと四日を残すところという日に、柊とししゃも姿の俺は、西沢の家を再度訪問した。

学校で声をかけなかったのは、西沢への配慮だ。おそるおそるではあるが、インターフォンに指を伸ばし、ぐっとボタンを押し込む。

「はい」

インターフォンから出た声は、西沢本人のものだ。

「あ、立花……です」

柊が名乗ると、ややあって玄関のドアが開いた。顔を出す西沢は、渋面交じりだ。

「美玲、久し……ぶりじゃないね」

「なんのつもり?」

開口一番、西沢が切り出す。

「居留守使うと思った? 靴箱に手紙入れて、うちに来ることが書かれてるとか。アレは引くよ。もしかしてさ、柊が登校できてない時に、私がやったことへの当てつけ? 正直、キモいよ」

「うん……キモい、か。そうだね。美玲も自分でそう思いながら、してくれてたんだね」

柊は、一生懸命笑顔を作る。

「でもね、あの時、私は本当に嬉しかった。美玲の気持ちがなかったら、私は絶対今も引きこもりのままだよ」

「たいしたことじゃないよ。それが、『西沢美玲』だもん」

「あのね、私……槻谷くんから、全部聞いた。美玲のこと」

西沢は一瞬、ぎょっとしたような表情を作ったが、やがて、悲しそうに俯いた。

「美玲、聴いてほしいことがあるんだけど、いい？」

言葉に詰まった西沢に、柊は用意してきた言葉をひとつひとつ、編むように話した。

「私ね、一年前のあのことがあってから、〝友達〟って、なんなのかわからなくなった。友達の定義とか、友達の資格とか、ひとつひとつのことを確認しないではいられなくなって……知ってるよね？　でも、そんなのを確かめること自体、おかしいんだって、ある人に諭されちゃった」

……俺のことか。

「そうだよね、そんなの本当は必要ない。それは定義とか、資格とかじゃない。美玲だから。友達だからだけど、〝友達だから〟って飾りを必要とするんじゃない。あなたのことが、心配。あなたとまた仲良くしたいよ。それは、美玲だから」

西沢が柊の顔を一瞥し、すぐに視線を外す。柊は、そんな西沢に、根気強く話しかけた。

「でも、それは美玲もしていたことじゃない？　『西沢美玲』なら、〝友人に対して、こう接するから〟って、そう思って、私たちと付き合ってた？」

「それは……」

「私じゃなくて、槻谷くんでも佐々木くんでもいいよ。美玲は、いつも計算して動いてたの？　私たちと笑ってる時は、〝笑ってるのが正しい〟から、笑ってたの？」

「そういう時も……あったよ。私は、いつもそうして、演技してきたんだよ、柊」

「違うよ」

「え？」

柊は笑顔になって、顔を左右に振った。

「今がそうじゃん。『演技してた』って、それが正解だから言ってるの？　違うでしょ？　今、美玲は自分自身を見せてくれてるじゃん。槻谷くんにも、昔、そんな美玲を見せたことがあるって聞いたよ」

西沢は無言で、首に下げていたペンダントを、洋服越しに握りしめた。

「だからさ、美玲。今、あなたはあなた自身を見せてくれてるんだよ。だから言うね。『西沢美玲』をやってる西沢美玲をひっくるめて、私と友達になってくれませんか？」

「…………！」

目を見開いて柊の顔を凝視する西沢に、柊は、雪解けのような微笑を浮かべた。

「きっとさ、難しく考える必要、ないんだよ。美玲も、私たちも。私たちは単純に、きっと、もっと、幸せになることを望んでいいんだよ」

「柊、あの……」

だが、西沢が重い口を開きかけた時、少し高めの声が、西沢の発言をのみ込んだ。

「あなたたち、なにを玄関で大声で話し込んでるの？　みっともない」

「お母、さん」

西沢が、怯《おび》えた表情で後ろを振り向く。以前のように、派手な服装で身を固めた母親は、軽い口調で言った。

「ほら、どいて。それと美玲、私は今日、帰らないから。そちらお友達の……会ったこと、ないわよね？」

「立花です」

「立花さん、美玲のこと、よろしくお願いしますね。歓迎するわ。なんなら、泊まっていってくれてかまわないから。あなたも美玲のいい友達でいてくれると嬉しいわ」

「……っ」

オブラートに包まれ、優しさの体裁を整えた娘への無関心に、柊は言葉をのみ込んだ。

「それじゃ、お願いね」

柊と西沢、どちらに向けられたともわからないセリフを残して、母親はふたりの間を擦り抜けた。

柊は太ももの横に当てていた両拳を固く握りしめると、くるりと体を反転させた。

「ま……待って！　待ってください！」

大きな声だ。母親が不審と迷惑が入り交じった表情で振り返る。

「あの。こんなこと、出過ぎたことだと思うんですけど……」

「なに？」

「……ちゃんと、向き合ってください」

「え？」

「きちんと、美玲と向き合ってください。今まで、どんな擦れ違いがあったのか、それは、私にはわかりません。でも、お母さんは美玲のこと、どれだけわかってるんですか？　少なくとも……少なくとも、私は『西沢美玲』をやっていない美玲を知っています。お母さんはどうですか？」

「なに……？　あなた？」

「一緒に暮らしてるだけで、向き合わないなんて、そんな無責任なことはないと思います！」

柊は、顔を真っ赤にしながらも、精いっぱいそう言い切った。そんな柊の言葉に、西沢が、思わず口元を片手で覆うのが見えた。

だが、母親はというと眉間のしわを深くするばかりだ。

「なにを言ってるのかわからないわ。私は美玲のこと、ちゃんとわかって……」

「でも……！」

「お母さん」

なおも食い下がろうとする柊と動揺する母親の間に、西沢が割って入る。そして、寂しげな顔で母親と向かい合うと、冷静な声で口を開いた。

「行ってらっしゃい、お母さん。でも……でも、明日でいいから。明日、一緒にちゃんと話そうよ。私の気持ちを、聞いてほしい」

母親は娘がなにを言っているのかわからないといった体で、西沢と柊に視線を交互させてたが、ひとつ頷くと、踵を返した。

西沢は、大きく息を吸い込むと、力を出し切ったように、ガクンと肩を落とした。

「……私、ちゃんとお母さんと話してみるから」

そう言って、西沢は、はにかんだような、泣きそうな笑顔で柊と向かい合った。

「ありがとう、柊」

柊は、そんな西沢を少し下から覗き込んで、嬉しそうに、しっかりと、「うん」と頷いた。

◆◇◆

仲直りした、また友達になった、なんて、陳腐《ちんぷ》な言葉は使わなかったが、ふたりの仲が修復されたのは明らかで。俺はその日の夜、満足して柊のベッドに横になっていた。

これで、俺の苦労も報われたのだ。衝動に駆られた人間返りだったが、うん、決して悪くない。これからのことは、これから考えよう。残された時間はないけど、きちんと。

風呂からあがった柊がパジャマ姿で、体から湯気を立てながら、ベッドに腰かける。俺のほうをチラリと見るが、今はあまり関心ないといったように、すぐに目線を外す。

「あー」

なんだか意味不明なことを呟いて、自分の後頭部の髪を片手でクシャクシャにした。

「はあ」

そう大きくため息をついて、ぼふっとうつ伏せに枕に顔を埋めた。

なに？　この子は、またなにかトラブル抱えちゃったの？　今日ひとつ大問題が片付いたばかりじゃない。忙しいな、おい。

「ししゃも……」

柊はベッドにうつ伏せになったまま、足元の俺を振り返ることなく、声だけで疑問を告げた。

「ね、美玲とお母さん、うまくいくかな」

「にゃー」

知らんけど。

「でも、美玲はお母さんとも、私とも……たぶん、自分自身とも向かい合うことを選んだんじゃないかって、そう思うんだ」

「みゅ」

だといいな。

「あー」

柊は足をバタバタさせて、枕に顔を押し付ける。バタ足、危ないんですけど。

「私だけ、宙ぶらりんのままだ」

バタ足がピタリと止まり、しばし沈黙が部屋を支配する。

「ししゃも」

柊はべつに俺に反応を期待しているわけではないらしい。ひとつ息をすると、すぐに問わず語りに話しはじめた。

「去年さ、話したよね。篠原……ゆかりという子をいじめから助けようとしたら、私がいじめられるようになったって。で、そのいじめの輪の中に、当然のように、ゆかりが入り込んでたって」

ぎゅ。音が立ちそうなほど強く、柊は枕の両脇を固くつかむ。

「……あの話の続き、するね」

ゆかりのこと……つまりそれって、『柊のトラウマ』ってやつ？　なんてことだ。運命というのはその胴長の鍋に、たった一日に凝縮して、いくつ重要なことを放り込もうとするのだろう。

「ゆかりの立場はね、そんなに長く続かなかったの。いじめられてた奴がいじめる立場になって、調子に乗ってるって言われて。自分たちで引き込んでおいたくせにね。……でも、それで、またいじめのターゲットはゆかりに戻った。前より、ずっと陰湿に、酷くね」

いじめる側といじめられる側が延々とループする。よくある話ではあるが。

「……私のせいなんだよ。私が、余計なお節介を焼かなければ、ゆかりはそんなに酷くはいじめを受けなかった。でも、私はそんなことにも気づかずに、もう、友達と関わるのは疲れちゃって、無関心なぼっちを決め込んだ」

そうか、柊が人付き合いに過剰に臆病なのは、ここから始まったのか。悪意によって、柊の性格は再形成された。外面では人を拒絶するくせに気弱すぎる複雑な性格は、ここで大きく影響を受けたんだ。

「ゆかりはね、その間、何度も私に助けを求めてきたんだよ。たしかに少し卑屈になってたけどね。それでも、何度も私に謝ろうとした。でも、私はそのすべてを拒絶した。裏切った奴が今さらなに言ってるんだ、と思った。だからさ……だから、キレたの。言っちゃったんだよ、クラスメイトの前で、心底嫌そうに。『心の底から、あんたのこと気持ち悪いと思う』って。そしたらさ……ゆかり、すごくショックを受けた感じで。絶望した人間の表情って、あの時、初めて見た……すぐだったよ、それから、ゆかりが転校するまで」

柊は、大きくため息をつくと、ベッドの上に起き上がって、俺を胸に抱き上げた。

「家族ごとどこかに引っ越しちゃったから、今は、どこの学校で、どうしているのかもわからない……でもきっとさ、ゆかりと、私も向き合わなきゃいけないんだよ。美玲に、みんなと向き合うことを求めておいて、私はそのままじゃ、ずるいもん」

ぎゅうっと、俺を抱きしめる腕に力がこもる。思わず俺は「ぎゅう」と苦悶した。

「……美玲も、槻谷くんも、佐々木くんもだよ。みんな前を向いて進んでるのに、私はまだ、過去のことにこだわってる……向き合えないよ。そんなに簡単には」

柊が、力なくそう言う。

最終試練は『柊のトラウマを解消すること』。

どうやら、期せずして、当初の課題に立ち返ったようだ。

◆◇◆

「おじさん、おじさん……」

その日の夜。温かいまどろみの中で、ふと耳慣れない声が不意に響いてきて、俺は戸惑う。

俺はししゃもの中にいるのに、その自分にもうひとりの別の存在の声が聞こえてくる、奇妙で不思議な感覚だ。

「ん……？　ん？　『神』か？」

「違うよ、僕だよ。ししゃもだよ」

「ししゃも……？」

「うん、今までのお礼を言いたいんだ。もう、僕に残されている時間は少ないから」

「は？　へ……？」

「おじさん。僕ね、今年の夏の終わりに、神様にお願いしたんだ。『僕が死ぬ前に、柊を幸せにしてほしい』って。それで、おじさん、あなたが選ばれた」

「へ？　俺、が……どうして？」

「だっておじさん、人間だった時は疲れ果てて、その日々から抜け出すことを毎日考えてたでしょ？　生まれ変わったら、猫にでもなりたいって」

「……それは」

「だから、僕たちは通じあうことができたんだ。神様が言ってたでしょ、〝使命〟を果たしてほしいって。それが、〝柊を幸せにすること〟だったんだ」

「は？　なら、俺は失敗したのか？　というか、お前、時間がないって……」

「うん、僕はもうすぐ天寿を全うする。もともと秋まで生きられなかったのを、おじさんが僕に乗り移ってくれたから、ほんの少し長く生きることができてたんだ」

「だから、死ぬ時は俺と一緒に、だろ？」

「ううん、そうはならない。僕は、おじさんにすごく感謝してるから。柊は、本当にいい顔で笑うようになった。もう、充分すぎるほどだよ。だから神様は、もうおじさんを人間に戻してくれる」

「なんだと？　でも……柊のトラウマはどうなるんだ？」

そう言うと、沈痛そうなしじしゃもの声が帰ってきた。

「もう時間がないんだ。実はおじさんが僕の体の中にずっといい続けると、魂の切り離しがどんどん難しくなっちゃうって、神様が言ってる」

「それは、俺が早く人間に戻らなかったら、お前と俺が一緒に死ぬ確率があがる、ということか？」

「うん、そういうこと。神様の言うことだから、間違いないと思う」

「俺はむしろ、神の言うことだから間違いのような気もするがな……」

俺は嘆息し、苦虫を嚙み潰す。

まあ待てよ。冷静になれ、俺。俺はもともと、面倒なことはなにもしない、どこにでもいる事なかれ主義の社畜だったはずだ。

人生なんて、先が見えてる。諦めよう。嫌なことばかりの人生を見て見ぬふりしてやり過ごす。それが生きることなんだと思っていた。そんなことばかり考えている、疲れたアラサーだった。

そのはずだ。そのはずなのに……。

と、いきなり聞き慣れた声が割り込んできた。

「そういうわけで、お前を人間に戻してやる。面倒くさい高校生に振り回されるのは嫌だったのだろう？」

「は？　今度は神の登場か？　いや、でも俺はまだ〝使命〟を解決してない！」

「特例で免除してやろう。事なかれ主義の社畜に戻れるのだぞ？　嬉しくないのか？　お前が望んでいたことだろう？」

「そ、それはそうだけど。でも違うんだ、時間をくれ。俺はまだ柊と……」

「〝使命〟だからか？『仕事だから』となんでも割り切っていた腐った責任感、社畜根性をまだ引きずっているのか？」

「そうじゃねぇよ。ただ、なにか……違うんだ。ちょっと、待ってくれ」

「愚か者め！　お前にそう言われて待った試しがあると思ってか！　タイムオーバーは無情にもベルを鳴り響かせているのだ」

「たしかになかったけど！　ちょ、ちょっと、今回だけ、本当に……！」

「ゴッドの与える、グッド社畜ライフ」

「ちょ、ちょっと？」

「神様、ちょっと待ってくれませんか」

俺と神のやり取りを黙って聞いていたししゃもが穏やかな声を発した。

「おじさん、僕たちのことはもういいんだよ？　柊も、きっとなんとかやっていける。だって、おじさんが僕の体の中に入る前に比べたら、すごく進歩したんだよ。これ以上、自分の命を危険に晒してまで、柊のことを抱え込む必要があるの？」

「……違うよ、ししゃも。これは、俺自身の意思だ。俺は……まだ諦めたくない」

「女子高生を手放すことが惜しくなったか、この変態め」

「だからそうじゃない！　お前より、ししゃものほうがずっと神っぽいからね⁉」

「おじさん、本気？　僕の体からうまく魂が切り離せなければ、おじさんは僕と一緒に本当に死んじゃうかもしれないよ？」

俺は、はっと息をのむ。嫌だ、死にたくない。まだ俺は、人間としてやりたいことがある。やり残したことがある。そこまで考えて、ふと、顔をあげる。

やり残したこと。なら、これもそうなんじゃないか？

俺がやり残したこと。やらなければならないこと。

やりたいこと。それは。

「俺は……もう人生を諦めたくない。俺自身にできることを、精いっぱいやって、それがたとえどんな結果になろうと……納得したいんだ」

「ふむ」

「おじさん……」

俺は俺の全身全霊の覚悟を込めて、毅然と胸を張って見せた。

「だから、神、ししゃも。お願いだから、もう少しだけ、俺に力を貸してくれ」

◆◇◆

かっこつけたはいいけど、「人間に戻るチャンスはもう三回使ったから、最後まで猫のまま」って、融通が利かなすぎるだろう？　俺の決意の固さに、神が情けで人間に戻してくれるのを期待したのに。

神は結局「まあせいぜい頑張ってくれ。お前を人間に戻してやることはできないが、ししゃもたっての願いだ。すごく、ものすごーくおまけして超重要情報をくれてやろう」とさんざんもったいぶって、篠原ゆかりの現住所を教えてくれた。しかし、本当に柊やししゃもには優しいのに、なんで俺にはそんなに厳しいの？　神がえこひいきしたらまずいでしょ？

いや、ゆかりの住所とか、超重要情報なのはわかるよ？　でも、猫のままって、それって、どうやって柊に伝えるの？　どうやって柊を励ますの？　せいぜいにゃーにゃー鳴くくらいしかできない今の俺にどうしろと言うんだろうか。

仮に言葉が伝わったとしても、それはそれで詰む。神が初めに言っていたように、俺が〝ししゃもの姿を借りた明智正五郎〟だとわかった時点で、猫から人間に戻ることはできないからだ。結局俺はししゃもの中で、人生を終えることになる。

今俺にできること。頭をフル回転させる。

そうだ、メールだ！　槻谷の時に使った、メール作戦。あれに関して神から咎《とが》められたことはない。あのあと、パソコン上のメールは消したし、柊も、まさか飼い猫がそんな工作をしたとは思いもよらないのだろう。うやむやなメールは、うやむやなまま、忘れ去られている。つまり、正体さえばれなければ、こちらからメッセージを発するのはセーフということだ。

メールを使う。だが、深刻な問題がここで発生している。時間だ。今は二十三日の午後に差しかかろうとしている。今日は国民の祝日で、学校はそのまま冬休みに突入する。

つまり、柊にメールを送るにしても、家にいる柊の隙を見てリビングのパソコンを立ち上げ、隙を見て文章を打ち込み、痕跡を消す。この過程を俺の仕業だと目撃されない上で行わなければいけないのだ。神業というか、そんなの、どう考えてもリスクが大きすぎる。

それに、覚えのないメールが自分宛にくることが二度も続けば、それがありもしないことだとわかっていても、送受信のタイミング的に、柊が疑いの目を俺に向ける可能性もなくはない。

ああ、詰んだ。万策尽きてるじゃん。

……いや、考えろ。諦めるな、諦めるな、諦めるな。逃げるな。俺自身を諦めるな。

リビングのパソコンは使えない。なら、どうする？

——あ。天恵のように、閃《ひらめ》いた。いや、あの神の采配だとは思いたくないけど。

柊の家のパソコンを使おうとするから悪いのだ。なら、どこのパソコンを使う？　ネットカフェ？　無理だ。ネットカフェに猫が現れたらちょっとした騒ぎになってＳＮＳで拡散されるかもしれない。学校の視聴覚室に忍び込む？　だが、ログイン用の学生ＩＤなんて知らない。

それならば、どうするか。考えるまでもないことだ。答えは、またもシンプルだった。

隣家の窓伝いに、二階にある俺の部屋のベランダへと着地する。いつも鍵をかけていないのが幸いした。ベランダの窓を開け、するりと部屋に入り込むと、俺は広くもない１ＤＫを見渡した。そうして、神の力で、きっちり布団に横たわる俺の傍らに座り、その姿を見下ろしてみた。人間の自分がスースー寝ている姿を見るのは、かなりシュールなものがあるここは、誰でもない、〝俺の部屋〟だ。柊の家から、そう離れたところにあるわけではない。来ようと思えば、いつでも来られたのだ。

簡単な答え。誰にも発見されない、安心してパソコンを使える場所。

俺は自分の姿を見るのに飽きると、机の上に載っているノートパソコンの蓋を苦心して開け、電源を入れた。

さて、どうするか。パソコンでメールを打つにしても、メアドを隠して送信することはできない。フリーメールのアドレスを作る？　だが、ふと思い詰まる。

もし柊が、そのメールをスパムメールだと判断してしまったら？　槻谷の時は、自分の家のパソコンからのメールだから開いたのかもしれない。柊は、もともと用心深い、臆病な性格だ。たとえ思わせぶりな件名にしたところで、警戒されるのは避けられない。

そもそもが、誰からかわからないメールなど、開くことすらないのではないだろうか？　いちかばちかに賭けて、博打《ばくち》を打つ？　いや、待て、自棄になるな。もっと、確実な方法を考えろ。

柊に確実に伝わる、柊の背中を押せる、それでいて、ししゃもが明智正五郎であることがばれない方法。

考えろ。考えろ。考えるんだ、明智正五郎。

思案を重ねて、室内を見回す。ふと、キャビネットにあるその物体が、目に飛び込んできた。なんだ、またも灯台もと暗しだ。俺は拍子抜けした。だが、これをどう使う？　ししゃもが明智正五郎であるという事実がばれないようにするにはどうすればいい？

そうか。そうだよ。

それなら、俺はししゃもではなく、堂々と明智正五郎として柊の前に立てばいい。

今までの明智正五郎と柊の関係を思い出せ。今までの関係を、最大限に利用するんだ。

俺は、心の中でひとつ、そう、頷いた。

◆◇◆

学校についていくようになってからというもの、すっかり出入り自由になった立花家に戻ると、さっそく柊が、家に帰ってきた俺に気づいた。

「あ、ししゃも、お帰りなさい。ん？　なにこれ……？」

柊は俺が咥えて涎《よだれ》まみれになった、雑に折り畳まれたＡ４用紙に気づき、俺の口からそれを受け取った。

小首をかしげながら紙を開くと、次の瞬間、大きく目を見開いた。

「なに？　手紙……でも、誰がこんな……まさか……？」

「にゃー」

俺は、そのとおり、というように鳴いて見せた。

柊は、信じられない、といったように首を振る。

「ずっと、誰かに見守ってもらっている気がしてた。この前のメールも不思議だったけど、もしかして、あれもそうなの？」

「にゃー」

俺は、もう一声。だがもちろん、俺が明智正五郎であると認めているわけではない。

その意味は、手紙を持ったまま、かぶりを振って自分の長い髪を掻き回した柊の様子で明らかだ。柊はしきりに首を捻り、最後には苦笑いを漏らす。

「これも、きっとそうだよね……。いつもいつも、ヒーローみたいに私の前に現れて。正直、少し怖いよ。……本当に何者なの？　あのおじさん」

手紙には、こうしたためた。

『人生から逃げるな、柊』

そう、一言だけ。一言だけで伝わる、俺と柊だけの合言葉。

そしてそのあとに、俺は篠原ゆかりの名前とその住所を、しっかりと記しておいた。

「また背中、押されちゃったなあ……おじさんは本当に、私のヒーローだよ」

柊は、ため息をつきつつ、おかしげにそう呟いた。

一夜明けた、クリスマスイブ。

柊と俺は、ゆかりに会いに行くべく、古めかしい電車に揺られていた。

車窓には、冬の冷気に当てられた、モノクロめいた景色が流れていく。

柊の膝の上に置かれたリュック型のキャリーバッグの中で居心地悪く体を捩《ひね》らせると、柊は俺を見下ろして、乗車してからずっと引き結んでいた唇を、軽くほどいた。

乗客は停車駅ごとにまばらになっていった。それに比例して、キャリーバッグ越しに伝わる柊の緊張が強くなっていく。

柊はしばらく車窓から外の景色に視線を逸らしていたが、「にゃあ」と声をかけた俺の頭を一撫でると、赤子をあやすように俺に応えた。

「大丈夫だよ、ししゃも」

そう言うと、その笑顔がわずかに柔らかくなった。

それから柊は車中をあてどなく見渡して、まあるい息を吐く。

篠原ゆかりは一年前、いじめが原因で家族ごと引っ越して、柊や俺の住む所と比べ、あまり栄えているとは言えない他県へと移った。

ゆかりの住む街へ。

電車は無機質な音を立てながら、柊と俺の体を緩く揺さぶっていたが、やがて速度を緩めると、目的の駅へと停車した。

柊は俺を入れたリュック型のキャリーバッグを、優しく抱き上げ、電車からおりた。

そしてひとつしかない改札をくぐり、俺をリュックから出し、地面に下ろすと、スマホで地図を確認しながら歩いていく。

入り組んだ道をしばらく歩いたところに鎮座していた篠原ゆかりの家は、古風な門構えの、木造の平屋建てだった。

玄関までゆっくりと歩いていった柊は、玄関チャイムを押そうとして伸ばした指を一端引っ込め、逆の手で握りしめる。

それから、その拳を胸に抱き寄せて、泣きそうな表情になった。かぶりを振ると、片足を一歩後ろに戻して、そのまままくるりと方向転換する。

一歩、二歩。柊は苦悩の末に行き着いた目的地から遠ざかろうとした。

「にゃ……」

さすがに声をかけようとすると、柊は立ち止まって、俺に頼りない笑顔を見せた。

「わかってる、ししゃも。逃げちゃ、だめだよね」

そうして再びゆかりの家の玄関前まで戻ると、今度は躊躇することなく、インターフォンを押した。

しばらくして、玄関の引き戸がガラガラ音を立てて開かれる。

顔を覗かせたのは、顔にややしわが寄った、ゆかりの母らしき女性だった。

「……どちらさまですか？」

訝しげに首をかしげる母親に、柊は一息ついて、毅然と言う。

「前の学校でゆかりさんのクラスメイトだった、立花です。突然すみません。以前、学校で問題になったことで、ゆかりさんに一言お詫びをしたくてきました。ゆかりさんはいらっしゃいますか？」

「前の学校……？　ゆかりですか？　少し待ってくださいね」

そう歯切れ悪く言った母親が、動揺しつつも大声でゆかりの名前を呼ぶ。

家の奥から現れたのは、容姿は十人並みながら、ショートカットのよく似合う、はかなげな少女だった。

ゆかりは柊の姿を視認すると、口を大きく開けていたが、やがて「久しぶり」とぼそりと呟き、意外なほどしっかりとした態度で見据えてみせた。


「こっちだよ。もう少し」

ゆかりがそう柊を励ました。場所を変えて話そう、という提案に従って、柊はゆかりに導かれるまま白い息を吐きながら、黙々ときつい坂をのぼる。

ゆかりはなぜか猫を従えている柊に驚いたものの、そのあとは柊とほとんど言葉を交わそうとしなかった。

ふたりと俺は少し息を乱しながらも、一歩一歩、坂をのぼっていく。

そうして坂の上までのぼりきると、半円状に切り取られた崖のような、街を見下ろす絶景が見える空間が開けた。

「ここが、私のお気に入りの場所なの」

ゆかりはそう言って、淡く微笑んだ。容姿こそ秀でたところはないものの、笑うとえくぼがかわいらしい少女だ。

「……いいところだね」

「……うん」

ゆかりは頷くと、立ち止まった柊に先行して、坂の頂上を取り囲む欄干まで歩いていった。そして、欄干に手をやり、こちらに半身だけ振り返る。

「お母さんからも聞いたけど、立花さんは、私に、謝りに……？」

「うん……ずっと言えなかったから」

柊はしっかりとゆかりと向かい合って、そう言った。

「あれから、私もいろいろあったんだ。クラスからハブられたり。人が信じられなくなって、不登校になったり。いじめられた時もそうだけど、自分が経験してみて、初めてわかるつらさっていうのを、たくさん経験した」

「そう」

「でもね、そんな私でも、受け入れてくれる仲間がいた。だから、私も前を向きたくて。ごめんね、私の都合の押しつけ。でも、私には、あなたと向き合うことが、どうしても必要だったの。あの時、私がもう一回ゆかりを助けていたらゆかりは転校せずにいられたんじゃないか、私はゆかりの人生をめちゃくちゃにしちゃったんじゃないかって、ずっと思ってた。だから……ごめんなさい、ゆかり。言葉だけじゃ信じられないかもしれないけど、本当にごめんなさい」

ゆかりはじっと柊の顔を見たあと、はあっと息をつくと、欄干に両手をかけ、柊に背を向けた。

「正直に言うと、立花さんのこと、許せない。もちろん、悪かったのは私だってわかってる。でも……逆恨みだってわかってるけど、やっぱり許せないんだ。あの時、あなたが私にもう一度手を差し伸べてくれてたらって」

「……そう」

「あの時いじめられてなかったら、今の私はどうなっていたかって考えるんだ。……ねえ、立花さんは、私に会いにくることで、自己満足したかったの？」

そう言うとゆかりは、ゆっくりと、柊のほうに振り返った。

「そうかもしれない。でも、それだけじゃ……」

「ない？」

瞳の奥を、じっと覗き込んでくるゆかりに、柊はかぶりを振る。だが、ゆかりの視線からは、決して逃げようとしなかった。毅然として胸を張り、逆にしっかりとゆかりの姿を見据える。

「うん」

「そっか」

ゆかりは、しばらく黙って柊を見つめていたが、ふと表情を崩した。その様子に柊も若干緊張を緩め、ゆかりに問いかける。

「ねぇ、ゆかりは、今、どうしているの？」

「フリースクールで、元気にやってるよ。仲のいい友達もできたんだ。でも、まだ、人が怖い。怖いから、前の学校のクラスメイトのことも、立花さんのことも許せない」

柊が俯く。だがゆかりは欄干の先の街を見下ろしながら、明るい声を出した。

「でも、同時にね、立花さんが来てくれて、嬉しく思ってる自分もいるんだ」

「……そっか」

思いがけない言葉にびっくりしたようだが、その寛容さを秘めた気持ちは柊に届いたようだ。柊は軽く微笑んで、ゆかりの隣に歩いていった。

欄干越しに街の景色を見下ろして、思わず息をのむ。

「すごくいい景色」

「でしょ？」

得意そうに、ゆかりは言った。

それから、ふたりは押し黙り、ただ暮れゆく街の風景に視線を泳がしていたが、しばらくして、ぽつりとゆかりが口を開いた。

「ねぇ、立花さん」

柊が、耳を立てて、小首をかしげる。

「立花さん、会いに来てくれて、ありがとう。……あの時から、また一歩進めそうな気がするよ。私もね、あれから、たくさん……たくさん、学んだの。差し伸べられた手は、握り返せばいいいんじゃないかって」

ゆかりは、照れたように微笑み、手を差し出した。そんな笑顔に、柊も泣き笑いの笑顔を浮かべる。

「ありがとう、立花さん。メリークリスマス！」

「ううん、こちらこそ、ありがとう、ゆかり。メリー……メリークリスマス！」

何気なく視線を巡らすと、急勾配の坂をくだるように落とされた長いふたつの影が、そうして差し伸べられた細い線で、固くつながって俺の視界に入ってきた。


「ししゃも。結局、私は前進できたのかな？」

帰りの電車の中で、柊がキャリーバッグに収まった俺に問いかける。

柊は、きっと答えなんて気にしていない。でもその時は、それがどんな声であっても、背中を押してやる一声が必要なんだとわかった。

「にゃあ」

だから、俺はひとつだけ、心からの思いをのせて鳴いてみせる。

「うん、そうだよね。ありがとう、ししゃも」

柊ははにかんだような、自分を誇るようなきれいな顔で、俺に微笑んでみせた。

『柊は、本当にいい顔で笑えるようになった』、か。

まったく、その通りだよ、ししゃも。

◆
◇
◆

西沢の家で夕方に開かれたクリスマス当日のパーティーに集まった柊たちは、西沢の母親が作ったホールケーキを振る舞われた。

「ありがとう、お母さん」

心から嬉しそうな笑みを浮かべながら礼を言う西沢に、母親は少し気恥ずかしそうな顔を見せ、「まあ、このくらいはね」と、娘にしか聞こえないくらいの声で言う。

「それじゃみなさん、美玲をよろしく。楽しんでってね。美玲、下にいるから」

「うん、ありがとう」

西沢は、笑顔で頷いた。どうやら西沢と母親には、お互いに歩み寄ろうという雰囲気が感じ取れた。

なかなかおいしそうな出来のケーキに、普段は甘いものは口にしない俺も相伴にあずかろうとしたが、「ししゃもの体には良くないから、お預けだよ」と柊に釘を刺され、思わず恨み節の鳴き声をあげた。

柊たちはプレゼント交換をすませると、雑談を交わしながら、ややだらけ気味の、しかしそれぞれに幸せそうな時間を過ごす。時折俺をおもちゃ代わりに使うこともあったが、まあ、今日はクリスマスだ、多少の無礼は許してやろうと覚悟した。

ケーキも食べ終わった頃、ふと、佐々木はいたずら小僧のように西沢に微笑んで見せた。

「そういえば槻谷から、西沢にサプライズがあるんだよ。ちゃんと聞いとけよ。今、槻谷のばかにしゃべらせるから」

「え、なに？」

「ほら、しゃべれよ、槻谷」

「いて、小突かなくてもちゃんと話すよ。佐々木くん、乱暴すぎ」

「槻谷……？」

槻谷のおどおどした声が、しかし今日ははっきりと西沢に告げられる。

「ねえ、西沢さん。僕、立花のことは『立花』って呼び捨てにしているのに、西沢さんのことはいつも『さん』づけだよね。なんでだか、わかる？」

「……そんなの、槻谷が私に距離を置いているからじゃないの？」

西沢は拗ねたようにひとりごちる。

「僕ね、昔から西沢さんのことを『美玲』……って呼んだことないよね？　でも、それって、西沢さんを嫌っていたわけではないんだ。距離を置くべきだとは思っていた。だって、西沢さんはクラスの人気者で、僕はクラスでは浮いてるからさ」

西沢は悲しそうな顔をして、服の上から例のネックレスを握りしめた。

「……というのはまるっきりの嘘。僕はね、恥ずかしかったんだ。君のことを『美玲』って親しげに呼んだら、君のことが大好きだって認めてしまうことになるから。……だから言います。美玲、改めてメリークリスマス！」

真っ赤になって言う槻谷の予想外の行動に、西沢は両手で口元を覆う。

「槻谷……！」

同時に、柊と佐々木の手に握られたクラッカーが、景気のいい破裂音を出した。

「おめでとう、美玲！」

「お前ら、本当にわかりやすかったからな」

「にゃあ」

「ふたりとも……ししゃもくんまで……」

感極まってそう言って、ふと、西沢がきょとんとした顔をする。

「ちょ、ちょっと、私が槻谷のことが好きだったって、なんで知ってるの、ふたりとも？」

この問いかけには、さすがに西沢以外の全員が、唖然とするしかなかった。

「……まあ、に……美玲と僕のことはいいとして、佐々木くんも、するんでしょ、告白」

「な？　ばっ、ばか野郎！」

突然そう振られて、今度は佐々木が真っ赤になる。

その様子に、柊は苦笑して、いたずらっぽい笑みを浮かべた。

「じゃあ、友達からで」

佐々木は、少し残念そうに顔を歪め、すぐに気を取り直したかのように明るい声で言う。

「お、おう……まあ、友達からでも……っておい！　俺たち、今までは友達じゃなかったのかよ？」

柊たちの間に、心からおかしそうな、ばか笑いが続いた。

◆◇◆

みんなが一様に打ち解けあう光景を見ながら、俺は脳内に響くししゃもの声と会話していた。

「いいよな、もう？」

「うん、柊はもう大丈夫」

「そうか」

「おじさんは、いいの？　柊と、最後のお別れをしなくて」

「ばっか、そもそも女子高生とアラサーなんて、普通はその程度の付き合いだよ。それになにより……」

「なにより？」

「青春は、若者の特権だ。アラサーのおっさんがしゃしゃり出るのは、もうおしまいにしなきゃな」

「……そっか」

「お前こそどうなんだ？　このまま家に帰って、お前はひとりで逝くのか？」

「うん……神様に聞いたら、今晩中に、だって。柊には看取《みと》ってもらえるみたい。心配いらないよ。おじさんの『魂の切り離し』は、神様にお願いしてみるけど。成功する確率は低いかもしれない」

「そうか、あの神、結構チョロいし、俺はともかくお前が頼めば、最後まで聞き届けてくれるかもしれないな」

「そうだね、今日はクリスマスだし、神様も大目に見てくれるかも」

「いや、大目にって……そもそも、被害者は俺ね？　一方的被害者だから！」

俺は大きくため息をつくと、苦笑いとともに、ししゃもに話しかけた。

「……じゃ、もう行くか」

「うん」


パーティーからこっそり抜け出した俺は一足先に柊の家に戻り、ししゃもの定位置のクッションに横になる。

すると、まもなくして、俺とししゃもの意識が混濁してきた。今までししゃもが生きてきた、ししゃもと柊の記憶が走馬灯のように脳裏を横切った。

子猫の頃、不安な気持ちに体を震わせている時、満面の笑顔で目をきらきらさせている幼女の柊と初めて出会ったこと。

猫じゃらしをぱたぱたされて遊んでもらったこと。

学校帰りで疲れきっている柊に声をかけたら、「ししゃも～」と泣きついてきて、むりやり『猫吸い』をされたこと。

一緒に、外に散歩に出たこと。

たくさん、たくさん、柊と話したこと。

幼かった柊の姿は、ししゃもの中で中学生になり、高校生になった。その子供以上大人未満の姿を、あどけない笑顔を、ししゃもは網膜に焼き付けていた。

……やがて。

「ししゃも！」

薄目を開けた視界の中に、泣きはらした目の柊の姿が映る。

「柊……」

柊の姿を、ぼやけた頭で認識する。

「どうして？　最近はずっと元気だったのに？　どうして……？」

声をあげようとしたが、口から発せられたのは弱々しい喘《あえ》ぎ声だけだった。体に力が入らない。

「こんなことになるのを知ってたから、わざと元気に振る舞ってくれていたの……？　元気出してよ。また猫じゃらしで遊ぼうよ……？　嫌だよ、ししゃもぉ……」

頭の中に、ししゃもの声が響いた。

「あは……柊に会えて嬉しいな。でも、涙は、やっぱり悲しいね」

「ばーか、それだけ思われているってことだよ。その証拠に、すごく、温かい涙だろ」

ふと、ししゃもが笑ったように思えた。

「……そうだね。ありがとう、おじさん。僕はもう逝くよ。最後まで本当にありがとう」

「ああ」

「魂の切り離しがうまくいきますように。もし目が覚めたら、今度は、おじさんの人生を」

「ありがとうな、ししゃも」

「おじさんこそ」

声が遠ざかっていく。今度は、馬車馬のように働かされる生気のないサラリーマンの男が俺の脳内にフラッシュバックされた。

尊敬もしていない上司に、むりやり頭を押さえつけられ、理不尽な得意先に謝罪したこと。林のようにデスクに並べられた栄養剤の前で、ため息をつく日々。

そうして年を重ねていって、アラサーにさしかかり、電源を切ったデスクトップ画面に映る幽霊のような自分の顔にぞっとしてのけぞったこと。

そして、あの日、玄関先で倒れた俺が、「生まれ変わったら、猫にでもなりたい」と、自分でも意識できない状態で、たしかに呟いていたことを思い出した。

すべてが、遠く、暗くなっていく。

でも、もし……もし、さ。

『魂の切り離し』がうまくいって、もう一度やり直せるなら、その時は……。

薄れゆく意識の中で、俺は最後に、子供のように泣きじゃくる女の子の姿を捉えた。

とても華奢な、けれども今は強く、本当に強くなったはずの女の子。

その姿を、俺は脳裏に焼き付けた。

「さようなら、柊」

エピローグ

白いものの交じった髪をぴっしりと後ろに回した役員らしき面接官が、口を開いた。

「最後に、ちょっと変わった質問をさせてもらうよ。いいかな？」

「はい」

俺は、姿勢を正す。これを切り抜ければ、きっと再就職確定だ。

「ええとね、君の配属された部署で、上司と部下でも、同僚同士でもいいですが、微妙な雰囲気のふたりがいるとする。あなたなら、そんな時、どうしますか？」

「そうですね……」

協調性を見る質問だ。

わかっている。社会人としてなら、唯々諾々と、波風を立てずに、なあなあと付き合うのが、最適解じゃないか。

当然ながら、俺は答えた。

「ふたりに、本音で、本気でぶつかりあうようにサポートします」

「具体的には、どうやって？」

「声をかけます」

「どんな？」

「どんな言葉でもいいと思います。それがいかに不器用だって、ただ声をかけるだけで、人は、一歩進むことができるのではないでしょうか」

うーん、と面接官が唸った。

「たとえばそれが正しいとして、それでぶつかり合ったふたりの仲が、結果として険悪になってもいい、と言うのかな？」

「それでもかまわないと思います。本当に大切なことは、ただ流されるより、自分を信じて向き合うことです。そして、そこから生まれた絆は、きっと、かけがえのないものになると思います」

「ううん、そうですか……職場に波風を立ててまで、そうしたい、と。……少し理想論というか……若い人の考えのような気もしますがね」

「本当に、自分でもそのとおりだと思います」

面接官は顎に指を当てると、再び考え込むようなしぐさをした。

「それは、仕事全般に対しても、そういうアプローチをとる、ということかな？」

「はい。たしかに、社会人としては、未熟すぎる答えかもしれません。ただ、仕事や人生を、自分のひとりのパートナーと見なした時、本気で向き合おうとしなければ、それは結果的に、双方を傷つけ、侮辱し、お互いの価値を貶めていくことになります。ですから、今回の転職に関しまして、私はその点を譲るつもりはございません」

うんうん、という態度で、面接官は頷いていたが、やがて履歴書を放るかのように机の上に投げた。

「ありがとうございました。面接は以上です。結果は、追ってお知らせいたします」

……落ちたな。

確信するとともに、俺はそう言い切れた自分自身に、妙に清々しい気持ちになって、「ありがとうございました」と、笑顔を浮かべた。

面接の帰り道。

「あー、落ちた落ちた。またいいとこ探すか。負けるな、俺。負けるな元社畜」

自虐的に言って、そのくだらなさに笑う。早咲きの桜が、その花びらを散らして、俺を包み込んだ。

「コンビニでビールでも買って……おでんでも食べるかなあ……」

そうひとりぼやく。

と、背後から、俺の足元を追い越していく影が見えた。その影は、そのまま俺に先行すると、唐突に振り返って、その場に座り込む。

猫だ。灰色の毛皮の。

ふさふさの。

「お？　……あ、あれ？　お前……？」

「にゃあ」

なんでだよ？　なんでこいつがいる？　死んだんじゃないの？　俺が魂の切り離しに無事に成功して、そのままこいつだけ、天に召されたんじゃないわけ？　あの時、たしかに俺の意識はししゃもから抜けていき、完全に人間の体に戻ったんだぞ？

狼狽していると、続けて背中から、鈴を転がすような声がかけられる。

「……やっと見つけた。おじさん！」

振り返ると、そこには、ややあどけないが、目鼻立ちの整った、見慣れた少女の姿があった。

俺は息をのみ……次いでその再会を、なんでもないふうを装って、飄々と問いかけてみせた。

「……お前、こんなところでなにをしているの？　ストーカー？」

「変わらないなあ……。前に私から会いに行った時と同じようなことを言うんだね」

そう言って、柊が相好を崩す。

「ししゃもがね、ついてこいって。それで、ししゃもの後をずうっとついて歩いてきたんだけど、そしたら、あなたに会えたんだ」

「……って、やっぱりこいつししゃもか？　なんで？　死んだんじゃないの？」

柊は、目をパチパチとして小首をかしげた。

「う……ん、もう寿命だって、クリスマスに一時期危ない時もあったんだけど……」

「あったんだけど？」

「うん、なんか、神様に、『ししゃもを死なせないで』って必死で願ってたら、急に調子が回復して……」

は？　神に祈ったら？　ししゃもが死なかった？

……だから俺以外には、あまりにも優しすぎるだろ！　神め！

俺は身悶えして、神を糾弾する。

そんな俺に不思議そうな顔をしたものの、後ろ手を組んだ柊は、上半身を屈めてこちらを下から覗き込んできた。

「でも、なんでそんなことをおじさんが知ってるの？　そうそう、ずっと聞きたかったんだよ。おじさんって、本当に何者なの？　去年のクリスマスに、手紙までくれたでしょ？悩んでるってことは言ったけど、なんでゆかりの名前を知ってたの？　それと、槻谷くんの問題の時、なんで私の家からメールできたの？」

「……なんのことか、さっぱりわからん。誰だよ、ゆかりって？」

俺は背中に滝のような汗をかきつつ、苦しげにそう答えた。

「ふぅん？」

訝しげに、柊は眉を寄せる。

「なにを言ってんのか、今の高校生は、まったくわからんな。は、はははっ！」

柊は半眼で探るように俺を眺めていたが、とりあえず、追及は控えることにしたようだ。

「ところでおじさん、今、仕事中かな？」

「いや、現在、絶賛求職中なんだ。前に言っていた休職中と同じ漢字ではなくてな。……とにかく、この足元にまとわりついてる猫をどうにかしてくれ。スーツに毛が付く」

柊は小さく頬を膨らませて、ししゃもを抱き上げる。

「ししゃもは幸運を運んでくれる猫なんだよ。おじさんの再就職にもご利益があるかも」

「……勘弁してくれ。猫には、大変な目に遭わされてきたんだ」

「そう？　私には、たくさんの幸せを運んできてくれてるよ。……そう。たくさん、たくさん、話したいことがあったんだ。おじさん、無職だったら暇だね」

なんか柊には酷い言われようをされたが、間違ってはいない。

俺は両手を広げて軽口を叩いた。

「不本意ながらな。以前不登校気味だった女子高生と同じ立場になってる」

柊は、その言葉に、嬉しそうに表情を崩すと、うりうりと肩を寄せてくる。

「それなら、現役女子高生とお話ししようぜー」

だから、近いっつーの。ひっつくな。

「なにその神並みの理不尽さ」

「なんで神様？　バチ当たるよ」

「バチならもう嫌というほど当たってるよ」

「あはは、無職ニートの刑ってやつ？」

「ニートではない。就職活動してるからな」

俺は強調した。

「まあ、まあ。……でも、神様って、私は信じるけどな。おじさんはどう？」

「さあね。もしいるとしたら、今頃いろいろな人間の少しばかりの幸せに貢献できるように、むりやり社畜を猫のように働かせてるかもな」

「なにそれ？」

柊は呆れたように言い、プッと吹き出す。

なくしたものは取り戻せないし、過ぎてしまった時間を巻き戻すこともできないけど。

現実に打ちのめされ、挫折を知り、妥協を覚えても、何度だって人生と向き合うんだ。

これからの時間とチャンスと偶然は、前を向いて歩きだした者に対して開かれている。

きっと、そんな確信を胸の奥底に隠しながら、俺たちは生きていく。

「まあ、なんにせよ、未来は青春真っ盛りの若者にも、失業中のアラサーにも、平等に開かれているってこと」

俺は肩を竦めておどけてみせると、柊の腕の中に収まった猫の頭をぐりぐり撫でた。

「よう、久しぶりだな、ししゃも。お前とお前の周りの奴らは、今、幸せか？」

俺の問いかけに、ししゃもは誇らしげに、とても生意気な鳴き声をあげてみせた。

『もちろんだよ、おじさん。あなたを含めてね』

了

あとがき

時に悩み苦しみながらも、頑張った人が報われて、最後にはほっこりしたなにかが残り、読んでくれた人が笑顔になれる。そんな、ささやかで幸せな物語が本書です。

初めましての方は初めまして。ご存じの方はお久しぶりです。小山洋典です。

本書のテーマは「大人になるってどういうこと？」という、素朴な問いかけから始まりました。その後、改稿に改稿を加え、物語で頑張ってくれたキャラクターたちのおかげもあり、当初のテーマにも、そして新たに生まれてきた「人として『生きる』ってどういうこと？」という生意気な命題にも、私なりの答えが出せた作品に仕上がりました。

社会人にあたる人には、学生時代の郷愁と「今」への応援を。まだ社会に出てない方にも、「頑張って」という精いっぱいのエールを乗せて。この物語を贈ります。

今現在、苦しい立場にある方や、人生に迷い、手探りを続けている若い方を、勇気づけられる物語になっていたなら、と思います。

少しでもクスッとしてくれたら嬉しいです。時折ホロリと、ほっこりと心を暖めていただけたら感無量です。理不尽な神から下される様々な困難を、明智や柊たち高校生と、悩み、苦しみ、最後に笑顔になっていただければ、これに勝る喜びはありません。

最後に謝辞を。相変わらず拙い書き手である著者を支えてくれた編集部の皆様、須川様。男性にはわからない女性目線で下読みをして下さり、アドバイスまでしてくれた石田空先生、冬木洋子先生、三坂しほ先生、いろは紅葉さん、とびらのさんに感謝を。苦しい執筆の最中、いつも愚痴を聞いてくれ、時にはアイデアまでくれた編乃肌先生、黒木京也先生、あけちともあき先生、そして旧友の大野さんには、本当に助けられました。

物語をそのイラストだけで語ってくれたｔｏｎｏ様に多大なる感謝を。イラストラフが上がってきたときの感動は、言葉に尽くせません。〝物語以上に物語るイラスト〟というものを初めて教えられました。本当にありがとうございます。

母に。前作『あなたの未練、お聴きします』の出版から、父が癌で亡くなったあとも、老体に鞭打ち、支えてくれてありがとう。父へ。出来の悪い息子だが、存命のうちになんとか謝辞を送れた。二作目を出した今、あの世でなんと言ってるやら。酒はほどほどに。

そしてなにより、この本を手に取っていただいた読者様に。

あなたのところにも、幸せを運ぶ猫が、どうか訪れますように。

小山洋典　拝

この物語はフィクションです。
実在の人物、団体等とは一切関係がありません。

小山洋典先生へのファンレターの宛先

〒101-0003　東京都千代田区一ツ橋2-6-3　一ツ橋ビル2F
マイナビ出版　ファン文庫編集部
「小山洋典先生」係

ファン文庫

吾輩が猫ですか!?

2018年6月20日　初版第1刷発行

著　者　　小山洋典
発行者　　滝口直樹
編　集　　田島孝二（マイナビ出版）　須川奈津江
発行所　　株式会社マイナビ出版
〒101-0003　東京都千代田区一ツ橋2丁目6番3号　一ツ橋ビル2F
TEL　0480-38-6872（注文専用ダイヤル）
TEL　03-3556-2731（販売部）
TEL　03-3556-2735（編集部）
URL　http://book.mynavi.jp/

イラスト　　tono
装　幀　　堀中亜理+ベイブリッジ・スタジオ
フォーマット　　ベイブリッジ・スタジオ
DTP　　株式会社エストール
印刷・製本　　図書印刷株式会社

●定価はカバーに記載してあります。●乱丁・落丁についてのお問い合わせは、
注文専用ダイヤル（0480-38-6872）、電子メール（sas@mynavi.jp）までお願いいたします。
 ISBN978-4-8399-6682-9
Printed in Japan

Fan
ファン文庫

あなたの未練、お聴きします。

人の魂を送るエージェント達の、心に響くピュアストーリー

著者／小山洋典　イラスト／ふすい

未練を残したままでは、死んでも天上へ送られることはない……。そんな人間の未練を解消するエージェントの劣等生・遊馬が教官と共に触れたのは切ない想い……。

Fan
ファン文庫

神様のごちそう

突然、神様の料理番に任命――!?
お腹も心も満たされる、神様グルメ奇譚。

大衆食堂を営む家の娘・梨花は、神社で神隠しに遭う。
突然のことに混乱する梨花の前に現れたのは、
美しい神様・御先様《みさきさま》だった――。

著者／石田 空
イラスト／転

Fan
ファン文庫

こんこん、いなり不動産
～あやかしシェアハウス、はじめます！～

著者／猫屋ちゃき
イラスト／六七質

あやかし達が集まって
一緒に暮らせる場所があればいいんだ……。

こっそり妖（あやかし）が共存する町の、
ふしぎな不動産屋ストーリー！
『第２回お仕事小説コン』特別賞受賞作、第２弾！

繰《く》り巫女《ひめ》あやかし夜噺《よばなし》

~お憑《つ》かれさんです、ごくろうさま~

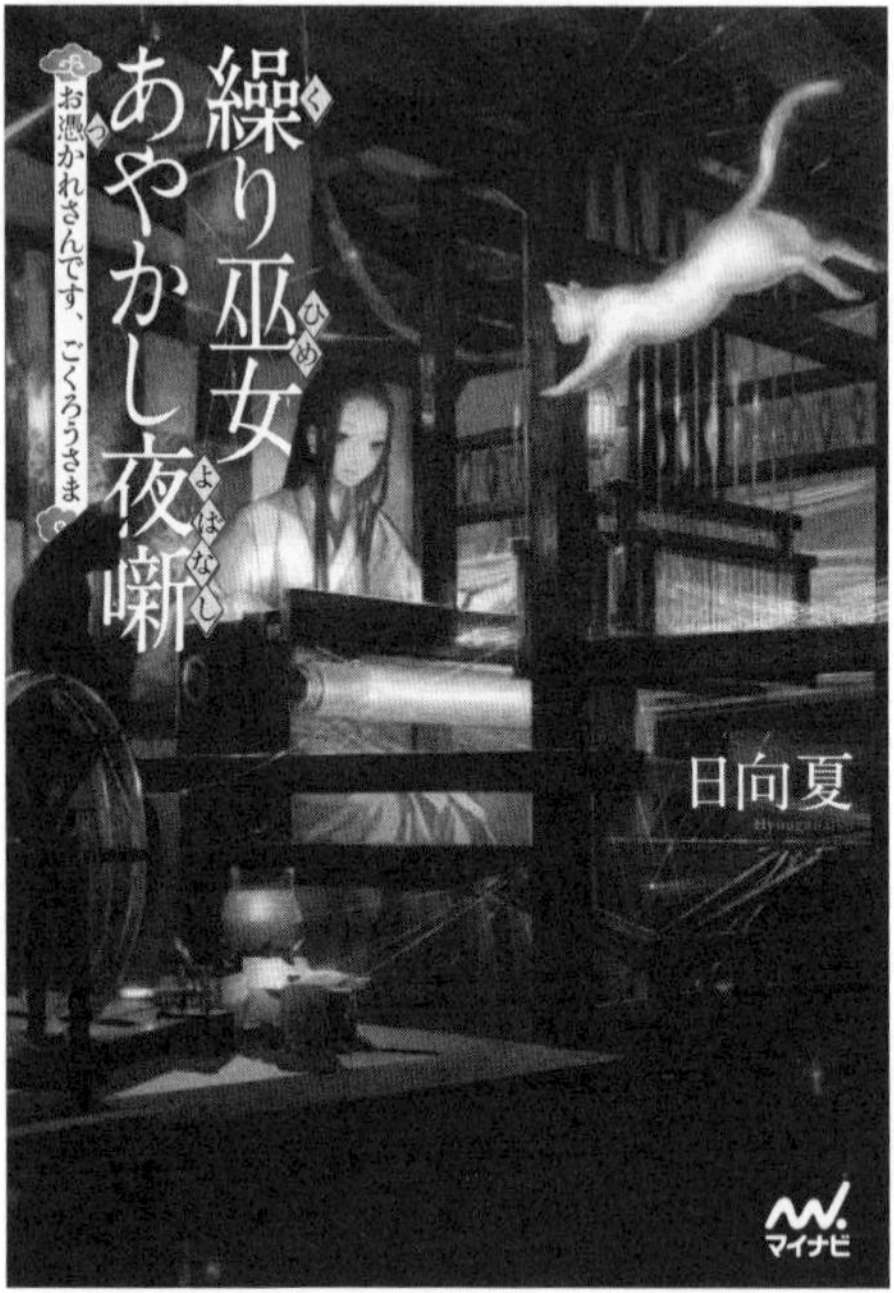

——とんとんからん。
紡がれる糸が護《まも》るのは……。

古都の神社に住まう、見えないモノたち。本当に怖いのは、あやかしか、それとも——。『薬屋のひとりごと』著者が贈る古都の不可思議、謎解き、糸紡ぎ。

著者/日向夏
イラスト/六七質

ファン文庫

繰《く》り巫女《ひめ》あやかし夜噺《よばなし》
~かごめかごめかごのとり~

とんとんからん、とんからん。
古都が舞台の、あやかし謎解き糸紡ぎ噺第２弾。

古都の玉繭神社にある機織り小屋で、
今日も巫女・絹子は布を織る。
そしてまた、新たなる事件が始まった……。

著者／日向夏
イラスト／六七質